KiWi 366

Über das Buch
Mehr als 60 Jahre nach ihrem ersten Erscheinen in der amerikanischen Zeitschrift Collier's Weekly (1930/31) sind diese Erzählungen Remarques für den deutschen Leser eine Novität. Sie entstanden in der Nachfolge seines Romans »Im Westen nichts Neues« und stellen die gleiche Frage wie dieser: Was wird aus den Menschen, die den Krieg erlebt haben? Das Stigma des Krieges zeigt sich in diesen Geschichten erst in den Jahren danach, als unterirdisches Beben, das in den Menschen stille, oft auch dramatische Veränderungen auslöst.

Josef Thiedemann, im Krieg verschüttet und äußerlich praktisch unverletzt, verfällt in eine jahrelange katatone Starre, bis seine Frau ihn an den Ort des Kriegsgeschehens zurückführt und das Trauma als Erinnerung zurückkehrt und ihn heilt. Die Menschen von der Verdrängung zu befreien, das Grauen des Kriegs in ein neues Bewußtsein des »Nie wieder« zu verwandeln, ist der heimliche Appell dieser Texte. Er macht ihre unverwechselbare Eindringlichkeit aus.

»Remarque kann erzählen. Mehr als das, er kann Szenen komponieren, Dialoge abrunden, Episoden so formen, daß sie eine Pointe haben und dem Ganzen ebenso entsprechen wie dem Stil des Details. Zudem hat Remarque selbst eine so unwiderlegbare psychologische Süffisanz, zudem weiß Remarque so haarsträubend genau Bescheid darüber, wie man sich fühlt, wenn die Abgründe ringsherum gähnen.«   Joachim Kaiser

Der Autor
Erich Maria Remarque, 1898 in Osnabrück geboren, 1916 Soldat. 1929 erschien sein Buch *Im Westen nichts Neues*, das ein ungeheurer Erfolg wurde. 1933 wurden seine Bücher öffentlich verbrannt. Lebte seit 1929 überwiegend im Ausland, nach dem Krieg in der Schweiz, wo er 1970 starb.

Weitere Titel bei k & w
Im Westen nichts Neues, Roman (mit Materialien), KiWi 141.
Die Nacht von Lissabon, Roman, KiWi 151; *Arc de Triomphe*, Roman, KiWi 164; *Der Funke Leben*, Roman, KiWi 165; *Der schwarze Obelisk*, Roman, KiWi 184; *Zeit zu leben und Zeit zu*

sterben, Roman, KiWi 193; *Der Weg zurück*, Roman, KiWi 229; *Drei Kameraden*, Roman, KiWi 239; *Liebe Deinen Nächsten*, Roman, KiWi 248; *Der Feind*, Erzählungen; *Im Westen nichts Neues*, Roman, KiWi 319; *Ein militanter Pazifist*, Texte und Interviews 1929–1966, KiWi 340.

Erich Maria Remarque

Der Feind

Erzählungen

Herausgegeben und
mit einem Nachwort von
Thomas Schneider

Aus dem Englischen von
Barbara von Bechtolsheim

Kiepenheuer & Witsch

© by The Estate of Erich Maria Remarque
© 1993, 1995 by Verlag Kiepenheuer & Witsch, Köln,
Alle Rechte vorbehalten. Kein Teil des Werkes darf in irgendeiner Form
(durch Fotografie, Mikrofilm oder ein anderes Verfahren)
ohne schriftliche Genehmigung des Verlags reproduziert oder unter
Verwendung elektronischer Systeme verarbeitet, vervielfältigt
oder verbreitet werden.
Aus dem Englischen von Barbara von Bechtolsheim
Umschlaggestaltung Manfred Schulz, Köln
Gesamtherstellung Clausen & Bosse, Leck
ISBN 3-462-02420-5

Inhalt

Der Feind 9

Schweigen um Verdun 18

Karl Broeger in Fleury 26

Josefs Frau 34

Die Geschichte von Annettes Liebe 44

Das seltsame Schicksal des Johann Bartok 54

Nachweise 62

Nachwort 63

Der Feind

Als ich meinen Schulkameraden Leutnant Ludwig Breyer fragte, welches Kriegserlebnis ihm am lebhaftesten in Erinnerung wäre, erwartete ich, von Verdun, von der Somme oder von Flandern zu hören; denn er war in den schlimmsten Monaten an allen drei Fronten gewesen. Aber statt dessen erzählte er mir Folgendes:

Nicht der lebhafteste, aber der bleibendste meiner Eindrücke fing damit an, daß wir in einem kleinen französischen Dorf weit hinter den Linien in Ruhe lagen. Wir hatten in einem scheußlichen Abschnitt gelegen, wo das Artilleriefeuer extrem heftig gewesen war, und waren weiter als sonst zurückgenommen worden, weil wir starke Verluste erlitten hatten und wieder Kräfte sammeln mußten.

Es war eine herrliche Augustwoche, ein wunderbarer, biblischer Sommer, und das stieg uns zu Kopf wie der schwere goldene Wein, den wir einmal in einem Keller in der Champagne gefunden hatten. Wir waren entlaust worden; einige von uns waren sogar an saubere Wäsche gekommen, die anderen kochten ihre Hemden gründlich über kleinen Feuern aus; überall herrschte eine Atmosphäre von Sauberkeit – deren Zauber nur ein schmutzverkrusteter Soldat kennt –, freundlich wie ein Samstagabend in jenen weitentfernten Friedenstagen, da wir als Kinder in der großen Wanne badeten und Mutter die frische Wäsche aus dem Schrank holte, die nach Stärke, Sonntag und Kuchen roch.

Du weißt ja, daß es kein Märchen ist, wenn ich sage, daß das Gefühl dieses zur Neige gehenden Augustnachmittags mir süß und stark in die Glieder fuhr. Als Soldat hat man ein ganz anderes Verhältnis zur Natur als die meisten Menschen. All die tausend Verbote, die Hemmungen und Zwänge fallen vor dem harten, dem schrecklichen Dasein am Rande des Todes ab; und in den Minuten und Stunden der Unterbrechung, in den Tagen der Ruhe, steigert sich manchmal der Gedanke an das *Leben*, die bloße Tatsache, noch dazusein, durchgekommen zu sein, zu schierer Freude, sehen zu können, zu atmen und sich frei zu bewegen.

Ein Feld in der Abendsonne, die blauen Schatten eines Waldes, das Rauschen einer Pappel, das klare Strömen fließenden Wassers waren eine unbeschreibliche Freude; aber tief drinnen, wie eine Peitsche, wie ein Stachel, lag der scharfe Schmerz des Wissens, daß dies alles in ein paar Stunden, in ein paar Tagen vorbei sein, wieder gegen die verdorrten Landschaften des Todes eingetauscht werden mußte. Und dieses Gefühl, das so merkwürdig zusammengesetzt war aus Glück, Schmerz, Melancholie, Trauer, Sehnsucht und Hoffnungslosigkeit, war die übliche Erfahrung eines Soldaten in Ruhe.

Nach dem Abendessen ging ich mit einigen Kameraden ein kleines Stück aus dem Dorf. Wir redeten nicht viel; zum ersten Mal seit Wochen waren wir völlig zufrieden und wärmten uns in den schrägen Sonnenstrahlen, die uns voll ins Gesicht schienen. So kamen wir schließlich zu einem kleinen, tristen Fabrikgebäude mitten in einem weiten eingezäunten Grundstück, um das Wachposten aufgestellt waren. Der Hof war voller Gefangener, die auf den Transport nach Deutschland warteten.

Die Wachposten ließen uns ohne Umstände ein, und wir

konnten uns umsehen. Einige hundert Franzosen waren da untergebracht. Sie saßen oder lagen herum, rauchten, redeten und dösten. Das öffnete mir die Augen. Bis dahin hatte ich nur kurze, flüchtige Eindrücke – vereinzelt, schemenhaft – von den Männern gehabt, die die feindlichen Gräben hielten. Ein Helm vielleicht, der einen Augenblick über den Rand der Brustwehr ragte; ein Arm, der etwas warf und wieder verschwand; ein Stück graublauen Stoffs, eine Gestalt, die in die Luft sprang – fast abstrakte Dinge, die hinter Gewehrfeuer lauerten, hinter Handgranaten und Stacheldraht.
Hier sah ich zum ersten Mal Gefangene, und zwar viele, sitzend, liegend, rauchend – Franzosen ohne Waffen.
Ein plötzlicher Schock traf mich; gleich darauf mußte ich über mich selbst lachen. Mich hatte schockiert, daß sie Menschen waren wie wir selbst. Aber die Tatsache war – weiß Gott, merkwürdig genug –, daß ich einfach noch nie darüber nachgedacht hatte. Franzosen? Das waren Feinde, die getötet werden mußten, weil sie Deutschland zerstören wollten. Aber an jenem Augustabend wurde mir jenes unheilvolle Geheimnis klar, die Magie der Waffen. Waffen verwandeln die Menschen. Und diese harmlosen Kameraden, diese Fabrikarbeiter, Hilfsarbeiter, Geschäftsleute, Schuljungen, die da so still und resigniert herumsaßen, würden, wenn sie nur Waffen hätten, augenblicklich wieder zu Feinden werden.

Ursprünglich waren sie keine Feinde; erst als sie Waffen bekamen. Das machte mich nachdenklich, obwohl ich ja wußte, daß meine Logik vielleicht nicht ganz richtig war. Aber mir dämmerte, daß es die Waffen waren, die uns den Krieg aufzwangen. Es gab so viele Waffen in der

Welt, daß sie am Ende die Oberhand über die Menschen gewannen und sie in Feinde verwandelten...
Und viel später dann, in Flandern, beobachtete ich wieder dasselbe: Während die Materialschlacht wütete, waren die Menschen praktisch zu nichts mehr nutze. Die Waffen schleuderten sich selbst in irrer Wut gegeneinander. Als Mensch mußte man das Gefühl haben, daß auch dann, wenn alles zwischen den Waffen tot wäre, die Waffen von selbst weitermachen würden bis zur totalen Vernichtung der Welt. Aber hier in dem Fabrikhof sah ich nur Menschen wie wir. Und zum ersten Mal begriff ich, daß ich gegen *Menschen* kämpfte; Menschen, die wie wir von starken Worten und Waffen verhext waren; Menschen, die Frauen und Kinder, Eltern und Beruf hatten und die vielleicht – wenn mir die Eingebung durch sie gekommen war – doch jetzt auch wach werden und sich genauso umschauen und fragen mußten: »Brüder, was tun wir denn da? Was soll das?«
Ein paar Wochen danach waren wir wieder in einem ruhigeren Abschnitt. Die französische Linie rückte unserer ziemlich nahe, aber die Stellungen waren gut befestigt, und außerdem war, würde ich sagen, fast nichts los. Pünktlich um sieben jeden Morgen tauschte die Artillerie ein paar Schüsse zum Gruß aus; mittags gab es dann noch einen kleinen Salut und gegen Abend den üblichen Segen. Wir nahmen Sonnenbäder vor unseren Unterständen und wagten es sogar, nachts zum Schlafen die Stiefel auszuziehen.
Eines Tages tauchte plötzlich auf der anderen Seite des Niemandslandes über der Brustwehr ein Schild auf mit der Aufschrift: »*Attention!*« Man kann sich vorstellen, wie erstaunt wir es anstarrten. Dann kamen wir am Ende zu dem Schluß, sie wollten uns nur warnen, daß es ein

besonderes Artilleriefeuer geben würde, über das übliche Programm hinaus; also hielten wir uns in Bereitschaft, beim Geräusch des ersten Schusses in unsere Unterstände zu verschwinden.
Aber alles blieb still. Das Schild verschwand. Dann ging ein paar Sekunden später ein Spaten hoch, und auf der Schaufel konnten wir eine große Zigarettenschachtel erkennen. Einer unserer Kameraden, der etwas Ahnung von der Sprache hatte, malte mit Schuhwichse das Wort »*Compris*« hinten auf eine Kartentasche. Wir hielten die Kartentasche hoch. Da schwenkten sie auf der anderen Seite die Zigarettenschachtel hin und her. Und wir schwenkten daraufhin unsere Kartentasche. Dann ging ein weißes Stück Stoff hoch. In aller Eile nahmen wir dem Obergefreiten Bühler, der sich gerade entlauste, das Hemd von den Knien und winkten damit.

Nach einer Weile erhob sich der weiße Stoff auf der anderen Seite, und ein Helm erschien. Wir schwenkten unser Hemd heftiger, bis die Läuse herausgeregnet sein mußten. Ein Arm wurde hochgestreckt, der ein Paket hielt. Und dann kletterte ein Mann langsam durch den Stacheldraht heraus; auf Händen und Knien kroch er auf uns zu, und dabei winkte er von Zeit zu Zeit mit einem Taschentuch und lachte aufgeregt. Etwa in der Mitte des Niemandslandes hielt er inne und setzte sein Paket ab. Er zeigte mehrmals darauf, lachte, nickte und kroch zurück. Das versetzte uns in ungewöhnliche Aufregung. Verbunden mit dem fast jungenhaften Gefühl, etwas Verbotenes zu tun, dem Gefühl, jemandem ein Schnippchen zu schlagen, und einfach der nackten Begierde, an die guten Sachen heranzukommen, die da vor uns lagen, war ein Hauch von Freiheit, von Unabhängigkeit, von Triumph

über den ganzen Mechanismus des Todes. Dasselbe Gefühl hatte ich, als ich mitten unter den Gefangenen stand, als sei etwas Menschliches siegreich in die bloße Vorstellung vom »Feind« eingebrochen, und ich wollte meinen Teil zu dem Triumph beitragen.
Hastig suchten wir ein paar Geschenke zusammen, wirklich armselige Dinge, denn wir hatten viel weniger zu verschenken als die Kameraden da drüben. Dann gaben wir wieder unsere Signale mit dem Hemd und bekamen direkt Antwort. Langsam hievte ich mich hoch; Kopf und Schultern standen im Freien. Das war eine verdammt schreckliche Minute, kann ich dir sagen, da so ungeschützt zu stehen, im Freien über der Brustwehr.
Dann kroch ich geradewegs vor; und jetzt änderten sich meine Gedanken vollkommen, als wären sie plötzlich in den Rückwärtsgang geschaltet worden. Die merkwürdige Situation nahm mich gefangen; ich spürte, wie eine starke, überschäumende Freude in mir aufstieg; glücklich und lachend lief ich flink auf allen vieren. Und ich erlebte einen wunderbaren Augenblick des Friedens – eines einzelnen, privaten Friedens, eines Friedens auf der ganzen Welt mir zuliebe.
Ich stellte meine Sachen ab, hob die anderen auf und kroch zurück. Und in diesem Augenblick brach der Friede zusammen. Ich spürte wieder, wie Hunderte von Gewehrläufen auf meinen Rücken gerichtet waren. Mich packte furchtbare Angst, und der Schweiß lief mir in Strömen herunter. Aber ich erreichte den Graben unverletzt und legte mich außer Atem hin.

Am nächsten Tag hatte ich mich schon ziemlich an die Sache gewöhnt; und allmählich vereinfachten wir es, so daß wir nicht mehr nacheinander hinausgingen, sondern

beide gleichzeitig aus unseren Gräben kletterten. Wie zwei von der Leine gelassene Hunde krochen wir aufeinander zu und tauschten unsere Geschenke aus.
Als wir uns das erste Mal ins Gesicht sahen, lächelten wir uns nur verlegen an. Der andere Kamerad war ein junger Kerl wie ich, vielleicht zwanzig Jahre alt. Man konnte seinem Gesicht ansehen, wie gut er diesen Spaß fand. »*Bonjour, camerade*«, sagte er; aber ich war so verblüfft, daß ich »*Bonjour, bonjour*« sagte, es zwei-, dreimal wiederholte und nickte und mich hastig umdrehte. Wir hatten einen bestimmten Zeitpunkt für das Treffen, und das frühere Zeichengeben wurde fallengelassen, weil beide Seiten den ungeschriebenen Friedensvertrag einhielten. Und eine Stunde später feuerten wir dann wieder wie vorher aufeinander los. Einmal reichte mir der andere Kamerad mit leichtem Zögern die Hand hin, und wir schüttelten uns die Hände. Das war schon komisch.
Damals hatten sich auch an anderen Frontabschnitten ähnliche Vorfälle ereignet. Das Oberkommando hatte davon Wind bekommen, und es war bereits Befehl ergangen, daß dergleichen absolut verboten sei; in einigen Fällen hatte es sogar die tägliche Runde der Feindseligkeiten durchkreuzt. Aber uns störte das nicht.
Eines Tages tauchte ein Major an der Front auf und hielt uns persönlich einen Vortrag. Er war sehr eifrig und energisch und sagte uns, daß er vorhabe, bis zum Abend an der Front zu bleiben. Unglücklicherweise bezog er seinen Posten nah an unserem Ausstiegspunkt und verlangte nach einem Gewehr. Er war ein sehr junger Major, gierig nach Taten.
Wir wußten nicht, was wir tun sollten. Es gab keine Möglichkeit, den Kameraden da drüben ein Zeichen zu geben; und außerdem glaubten wir, wir könnten auf der

Stelle dafür erschossen werden, daß wir Geschäfte mit dem Feind machten. Der Minutenzeiger meiner Uhr rückte langsam vor. Nichts passierte, und es sah fast so aus, als würde alles glimpflich ausgehen.

Zweifellos wußte der Major nur von der allgemeinen Verbrüderung, die sich entlang der Front abgespielt hatte, aber nichts Bestimmtes darüber, was wir hier unternommen hatten; es war einfach das reine Pech, das ihn gerade jetzt hierhergeführt und ihm diese Aufgabe gegeben hatte.

Ich überlegte, ob ich zu ihm sagen sollte: »In fünf Minuten wird jemand von da drüben kommen. Wir dürfen nicht schießen; er vertraut uns.« Aber das wagte ich nicht; und was hätte das überhaupt genutzt? Wenn ich es tat, würde er vielleicht erst recht dableiben und warten, während es so noch immer eine Chance gab, daß er ging. Außerdem flüsterte mir Bühler zu, daß er hinter eine Brustwehr gekrochen sei und mit seinem Gewehr »Fahrkarte« gewinkt habe (wie man einen Fehlschuß auf einem Schießstand signalisiert), und sie hätten zurückgewinkt. Sie hatten verstanden, daß sie nicht kommen durften.

Zum Glück war es ein trüber Tag; es regnete ein bißchen, und die Dunkelheit brach herein. Es war schon eine Viertelstunde nach der für unser Treffen festgesetzten Zeit. Allmählich konnten wir wieder atmen. Dann wurde mein Blick plötzlich festgehalten; die Zunge lag mir wie ein Klumpen im Mund; ich wollte aufschreien und konnte es nicht; starr vor Entsetzen schaute ich über das Niemandsland und sah, wie sich langsam ein Arm zeigte, dann ein Körper. Bühler raste um die Brustwehr und versuchte verzweifelt, ein Warnzeichen zu geben. Aber es war zu spät. Der Major hatte schon gefeuert. Mit einem dünnen Schrei sank der Körper wieder zurück.

Einen Augenblick herrschte unheimliche Stille. Dann hörten wir ein Gebrüll, und ein vernichtendes Feuer setzte ein. »Schießen! Sie kommen!« schrie der Major.
Dann eröffneten auch wir das Feuer. Wir luden und feuerten wie die Verrückten, luden und feuerten, bloß um diesen schrecklichen Augenblick hinter uns zu bringen. Die ganze Front war in Bewegung, auch die Geschütze setzten ein, und so ging es die ganze Nacht weiter. Am Morgen hatten wir zwölf Mann verloren, unter ihnen den Major und Bühler.
Von da an wurden die Feindseligkeiten ordnungsgemäß fortgesetzt; Zigaretten gingen nicht mehr hin und her; und die Verlustzahlen nahmen zu. Viele Dinge sind mir seither passiert. Ich sah viele Männer sterben; ich selbst habe mehr als einen getötet; ich wurde hart und fühllos. Die Jahre gingen vorüber. Aber die ganze lange Zeit habe ich nicht gewagt, an diesen dünnen Schrei im Regen zu denken.

Schweigen um Verdun

Niemand kann genau sagen, wann es beginnt: aber plötzlich verändern sich die glatten, sanft gerundeten Linien am Horizont; das Rot und Braun, die leuchtenden, glühenden Farben der Blätter des Waldes nehmen unversehens eine eigenartige Tönung an, die Felder verblassen und verwelken zu Ockertönen; etwas Merkwürdiges, Stilles, Bleiches ist in der Landschaft, und man kann es nicht recht erklären.
Es sind dieselbe Bergkette, dieselben Wälder, dieselben Felder und Wiesen wie zuvor, es ist noch immer dieselbe Landschaft wie vor einer Stunde; da geht die Straße, weiß und endlos weit, hindurch, und das goldene Licht des Spätherbstes ergießt sich noch immer über die Erde wie süßer Wein – und doch ist, unsichtbar, unhörbar, etwas aus der Ferne hereingekommen; gewaltig, feierlich und mächtig steht es plötzlich da und überschattet alles.
Es sind nicht jene Kreuze am Straßenrand, die alle Augenblicke auftauchen, dünn und dunkel. Schief und sehr müde ragen sie da aus dem Rasen, verwüstet vom vielen Wind, erschöpft von ziehenden Wolken, die Kreuze des Krieges von 1870. Schlanke junge Bäume, die man damals dazwischen gepflanzt hat, sind längst zu Bäumen mit mächtigen Ästen voll zwitschernder Vögel herangewachsen. Diese alten Schützengräben sind nicht mehr erschreckend, sie erinnern kaum noch an den Tod – wie eine Parklandschaft sind sie schon, malerisch und lieblich, gute Erde und gutes Land.
Es ist nicht der Charakter dieser schönen, schrecklichen

Gegend, die immer Schlachtfeld gewesen ist und wo der Krieg jahrhundertelang seinen Abfall abgeladen hat, wie die verschiedenen Schichten im Felsen, Ablagerung über Ablagerung, Schicht auf Schicht, Krieg auf Krieg, sogar noch heute genau erkennbar, von den Kämpfen der französischen Könige bis zu den Gräben von Mars la Tour und den Massengräbern von Douaumont.
Es ist auch nicht die geheimnisvolle, zwiespältige Stimmung dieses Bodens, wo die weichen blauen Linien am Horizont nicht einfach Hügel und Waldland sind, sondern versteckte Forts; die glatten Gipfel vor ihnen nicht bloß Hügelketten, sondern starke, befestigte Höhen; wo idyllische Täler auch als Schützengräben dienen, als Täler des Todes, Sammelplätze, Aufmarschgelände; und wo die kleinen Hügel betonierte Geschützstellungen sind, Maschinengewehrnester, durchlöchert von Munitionslagern und Stollen; denn alles ist hier in Strategie verwandelt worden. In Strategie und Gräber.
Es ist das Schweigen. Das entsetzliche Schweigen um Verdun. Das Schweigen nach der Schlacht. Ein Schweigen ohnegleichen auf der ganzen Welt; denn bisher hat in allen Kämpfen am Ende die Natur die Oberhand gewonnen; das Leben wuchs wieder aus der Vernichtung, Städte wurden wieder aufgebaut, Wälder gediehen wieder, und innerhalb weniger Monate wogte wieder junges Getreide auf den Feldern. Aber in diesem letzten, schrecklichsten der Kriege hat zum ersten Mal die Vernichtung den Sieg errungen. Hier standen Dörfer, die nie wieder aufgebaut wurden; Dörfer, von denen jetzt kein Stein mehr auf dem anderen steht. Der Boden darunter ist noch so voll von tödlicher Bedrohung, lebendiger Explosivkraft, voll von Granaten, Minen und Giftgas, daß jeder Hackenschlag, jeder Spatenstich gefährlich ist. Bäume waren da, die nie

wieder ausgeschlagen haben, weil nicht nur ihre Wipfel und Stämme, sondern auch ihre tiefsten Wurzeln abgehackt, zerstört und zu Splittern zertrümmert wurden. Felder waren da, über die nie mehr ein Pflug gezogen wird, weil ihre Saat aus Stahl ist, Stahl und noch mal Stahl.

In den Granattrichtern dieses zerlöcherten Landes wächst allerdings tatsächlich zerzaustes, mattes Wildgras. Auch an ihren Rändern blühen rote Mohnblumen und Kamille, und sogar ein Strauch kriecht manchmal unordentlich und schüchtern mitten aus dem Abfall hervor; aber dieser spärliche Bewuchs verstärkt noch den Eindruck von Schweigen und Trostlosigkeit. Es ist, als ob an diesem Ort ein Loch im Laufband der Ereignisse sei, als ob die Zeit hier stillstehe; als ob die Zeit, die nicht nur Vergangenes mit sich führt, sondern auch Zukünftiges, hier aus Mitgefühl ihren Motor abstelle. Nirgends auf der Welt gibt es ein solches Land; eine Wüste ist lebendiger, denn ihr Schweigen ist organisch.

Nirgends auf der Welt gibt es ein solches Schweigen, denn dieses Schweigen ist ein gewaltiger versteinerter Schrei. Nicht die Ruhe des Friedhofs liegt darin; denn zwischen den vielen müden, erschöpften Leben ruht wenig, das begeistert und jung war; hier aber wurde für Hunderttausende die große Kraft, die ihnen in den Augen stand, die Macht, die sie atmen und sehen und sich ducken und kämpfen ließ, plötzlich zu Atomen zerschmettert; hier in der Verkrampfung angespanntester Selbstverteidigung begehrte, ja liebkoste man das Leben, man glaubte leidenschaftlicher, wilder, glühender, versessener denn je daran; und über diesen verzweifelten, angestrengten Willen, diesen brodelnden Wirbel von Aktivität, Qual, Hoffnung, Angst, Lebensgier, brach der Hagel von Splittern und Kugeln herein. Dann vergoß das zäheste, zerbrechlichste Ding, das es gibt, das Leben, sein Blut, und die große Dunkelheit breitete sich über achthunderttausend Männer.

Über diesen Feldern scheinen die verlorenen Jahre weiter zu bestehen, die Jahre, die nicht gewesen sind, die keine Ruhe finden – der Schrei der Jugend wurde zu früh erstickt, fand ein zu jähes Ende.

Von den Höhen kommt ein grauer, bleierner Wind herab und verschmilzt mit dem Glühen des Herbstes, seinem hellen Feuer und goldenen Licht. Von den Höhen kommt das Schweigen herab, das die freundlichen Tage schlapp und leblos macht, als ob die Sonne sich wie an jenem Nachmittag auf Golgatha verfinstert habe. Von den Höhen kommen Namen und Erinnerungen herab. Vaux, Thiaumont, Belleville, Kalte Erde, Totenschlucht, Hügel 304, Toter Mann – was für Namen! Vier lange Jahre haben sie unter dem gigantischen Geheul des Todes gelebt: heute packt einen die Endlosigkeit ihres Schweigens. Keine *Cook's-Parties*, keine angenehmen Tagesausflüge zu günstigen Preisen mit Besichtigungen tiefer Unterstände bei romantischem Karbidlicht können das ändern. Dieses Land gehört den Toten.

Aber in dieser Erde, die immer wieder von Granaten jeden Kalibers aufgewühlt wurde, in diesem Land des erstarrten Grauens, in dieser Kraterlandschaft leben Menschen. Man sieht sie kaum, so gut haben sie sich im Laufe der Zeit angepaßt, so wenig unterscheiden sie sich von ihrer Umgebung. Ihre Kleidung ist gelb und grau und schmutzig von ihren Opfern. Manchmal sind es Hunderte, manchmal mögen sie wohl Tausende zählen, aber sie arbeiten einzeln und sind so verstreut, daß es immer nur wenige zu sein scheinen – fleißige kleine Ameisen in

hohlen Trichtern. Sie leben ein Leben für sich, bleiben oft ganze Monate in ihren dunklen Barackenlagern und kommen selten in die Dörfer. Es sind Sucher.
Die Schlachtfelder sind zu Spekulationsobjekten geworden. Ein Unternehmer hat von der Regierung eine Genehmigung bekommen, alles wertvolle Metall zu sammeln. Dafür stellt er die Sucher an. Sie jagen nach allem, was Metallwert hat, alte Gewehre, Blindgänger, Bomben, Eisenbahnschienen, Drahtrollen, Spaten – für sie sind diese Felder der Erinnerung, der Stille und Trauer Eisen-, Stahl- und Kupferminen. Kupfer haben sie am liebsten. Das bringt den besten Preis.
Die meisten Sucher sind Russen. In dem Schweigen sind auch sie schweigsam geworden. Meistens bleiben sie unter sich. Niemand sucht ihre Gesellschaft; obwohl die Regierung tausend Genehmigungen erteilt hat, hat man doch das Gefühl, das es nicht recht ist, was sie da tun. Metall im Wert von Millionen von Francs ist da in der Erde; aber eben auch Tränen, Blut und Angst von Millionen.
Es ist ein einträgliches Geschäft, und viele der Sucher können sich bald ein Auto leisten. Jahrelang sorgte die Artillerie dafür, daß sie nun ihr Auskommen haben. Das erste, hastige, oberflächliche Sammeln ist vorbei, und jetzt müssen sie tiefer graben bis zur nächsten Schicht vergrabener Schätze. Der Boden ist fest, und sie haben schon eine Woche an einer einzigen, ein paar Quadratmeter großen Grube gegraben. Deshalb ist es wichtig, geeignete Stellen zu finden. Das erfordert Erfahrung.
Gewöhnlich wird der Boden erst mit langen Eisenspitzen, die in die Erde getrieben werden, nach Metall abgesucht. Da kann es dann passieren, daß man auf einen Stiefel stößt, der Widerstand bietet; denn die Stiefel der To-

ten da unten sind im allgemeinen gut erhalten; aber ein Sucher kann das beurteilen; er hat ja Übung. Er kann im allgemeinen von oben beurteilen, ob sich die Ausgrabung lohnt oder nicht. Wenn er auf einen Stahlhelm trifft, schön und gut; das hat seinen Wert insofern, als es auf eine mögliche Beute hinweist. Es gibt einige alte, erfahrene Sucher, die nur an Stellen graben, wo irgendein Strauch sprießt. Sie kalkulieren, daß an solchen Stellen verschüttete Unterstände mit Leichen sind – sonst wäre der Busch nicht so gut gediehen. Und in Unterständen sind gewöhnlich alle Arten von Metall zu haben.
Wenn einer Glück hat, stößt er auf ein Maschinengewehr oder sogar ein kleines Munitionslager. Dann sind natürlich auf einen Schlag einige tausend Francs zu gewinnen. Ein Fund, von dem man noch immer spricht, war ein deutsches Flugzeug. Auf dem Pilotensitz hockte noch das Skelett, und zwischen seinen Beinen lag eine Kiste mit 15 000 Goldmark.
Überall ist es das gleiche Bild. Die Erde wird zuerst gelockert und aufgegraben und dann mit den Händen weiter umgewühlt. Handgranaten, deutsche mit langen Griffen, und ein Kochgeschirr kommen ans Licht. Sie wecken wenig Interesse. Ein Gewehrlauf andererseits, verbogen und korrodiert, wird auf den Haufen mit verrostetem Eisen geworfen, das schon gesammelt worden ist. Ein Helm – dann ein bleicher, feuchter Lumpen, graugrün, fadenscheinig, schon halb zu Lehm geworden, ein Schädel, noch mit Haaren, blonden Haaren, ein Schädel mit einem gesplitterten Loch, das in die Stirn geschmettert wurde. Der Sucher legt ihn in eine kleine Kiste hinter sich. Er schüttelt fleckige braune Knochen aus dem armseligen, schmutzig-grünen Lumpen. Die letzten zerrt er aus den Stiefelspitzen. Alles wandert in die Kiste, um abends zur

Identifikation in das Hauptdepot geschickt zu werden. Eine vergammelte Börse mit etwas geschwärztem Geld bleibt liegen. Die Überreste einer ziemlich verrotteten Brieftasche auch. Aber jetzt klingt der Spaten noch einmal auf Metall, Eisenpfähle und Drahtrollen kommen zum Vorschein – ein guter Fund –
Es ist immer dasselbe Bild, hundertmal, tausendmal; in der Herbstsonnne liegt ein Soldat, ein paar vergammelte Lumpen, ein paar Knochen, ein Schädel, einiges an Ausrüstung mit einer rostigen Gürtelschnalle, einer Patronentasche. Auch er wäre sehr glücklich, jetzt noch am Leben zu sein.
Einige Sucher meinen, nach der Form des Kinnknochens sagen zu können, ob sie einen deutschen oder einen französischen Schädel vor sich haben. Und es ist wichtig, daß die Knochen abends wieder ins Hauptdepot zurückgebracht werden, sonst würden bis zum Morgen die Füchse sie fressen. Es ist komisch, daß – hier die Füchse Knochen fressen. Sicher gibt es nichts anderes für sie zu fressen. Und doch leben hier viele Füchse.
Die Sucher hocken in ihren unzähligen kleinen Löchern und graben wie die Maulwürfe. Es stimmt schon, die Knochen, die sie finden, werden identifiziert, auf Friedhöfen, in Mausoleen, in riesigen Steinsärgen gesammelt. Und doch wäre es vielleicht besser, diese Soldaten ruhen zu lassen, wo sie jetzt zehn oder zwölf Jahre geruht haben, Kameraden sie alle.
Und es ist, als ob sie es selbst nicht anders haben wollten. Es ist, als wache die Erde selber über sie und verteidige sie gegen die Hände, die nach Metall und Geld zwischen ihnen suchen. Denn neben den toten Soldaten schlafen ihre Waffen. Und oft haben diese Waffen noch ihre Schlagkraft behalten.

Ein Schlag mit der Hacke auf den Boden genügt. Ein scharfer Spatenstich reicht aus, und der Boden birst mit einem dumpfen Krach, Splitter fliegen, und der Tod greift mit rascher Hand aus der Erde nach den Suchern. Schon viele sind in Fetzen gerissen worden, viele verstümmelt, und jede Woche kommen neue hinzu. Der Tod, der zuerst die Soldaten hingemäht hat, wacht jetzt über den Gräbern der Ermordeten, und die Erde bewahrt sie, als sollten sie nicht in großartigen Mausoleen liegen, sondern bleiben, wo sie gefallen sind.
Und über diesem Leichentuch ist die Zeit zum Stillstand gekommen, vor der Qual, die zwischen diese Horizonte eingespannt ist; über diesem Leichentuch brütet das Schweigen, und Trauer und Erinnerung.

Karl Broeger in Fleury

Der Wagen fegt mit Vollgas die Straße entlang, die Reifen singen, die Straße ist gerade, die Fenster klappern leise, und Straßburg und Metz liegen schon weit hinter uns. Neben mir sitzt Karl Broeger und ißt ein Butterbrot, ist aber nicht völlig konzentriert. Seine Gedanken sind anderswo.
Es ist zwei Stunden her, seit wir zu Mittag gegessen haben. Nachdem wir uns von der angenehmen Überraschung eines halben Hummer mayonnaise für fünfundzwanzig Franc als *hors d'oevre* – von der Realität anderer appetitanregender Dinge gar nicht zu reden – und der riesigen Käseplatte bei dem denkwürdigen Essen erholt haben, fängt Karl an, mir ausführlich über seine Pläne und Zukunftschancen Rechenschaft abzulegen.
Ich verstehe nicht viel davon, denn eine Menge Wenns und Abers und Berechnungen und Leute sind damit verbunden. Ob es die Folge des Hummers oder des Weins ist oder vielleicht sogar, daß beides so erstaunlich billig war, seine Aussichten stapeln sich, bis sie sich in den Wolken des Mount Everest verlieren – in zehn Jahren wird er Geschäftsführer sein, in zwanzig Direktor, Generaldirektor, Präsident und so weiter. Derzeit steht Karl auf einer so niedrigen Stufe der Leiter, so daß er ganz sicher ohne ernsthafte Verletzungen herunterfallen kann. Er ist Bankangestellter und hat eine gesunde Konstitution. Deshalb kann er schon zwei Stunden nach dem Hummer wieder essen – ein gutes, schlichtes Butterbrot. Inzwischen ist er, um der Verwirklichung seiner Ideale

nicht vorzugreifen, damit beschäftigt, davon zu träumen, was er als Geschäftsführer einst tun wird. Das ist Karl.

Der Wagen rast weiter durch die Dörfer – spitze Giebel, Kühe, bunte Frauenkleider, Herbstwind und Misthaufen sausen an unseren Fenstern vorbei, Kurve um Kurve, Hügel um Hügel, bis die Alleen und Bäume aufhören; die Straßen gabeln sich und werden schmaler; schwerfällige, rumpelnde Busse mit fetten aufgemalten Buchstaben und Wahlsprüchen nähern sich, und auf den Ortsschildern tauchen Namen auf, bei denen alles stehenbleiben muß.

Karl packt seine Brieftasche zusammen. Zwischen Bankpapiere hat er Ausschnitte aus einer Sportzeitung gestopft, die das ruhmreiche Fußballspiel Rheine gegen Münster beschreiben (Karls Mannschaft siegte überlegen mit 6 zu 0, und Karl wurde lobend erwähnt), aber am bedeutsamsten sind einige Bilder von charmanten Damen, die er während des Nachtischs betrachtet hatte.

Vor uns ist die Straße zu Ende. Der Wagen bleibt mit einem Quietschen der Bremsen stehen; wir steigen aus und befinden uns auf einer Art Marktplatz. Autos sind da geparkt, besorgte Chauffeure stehen herum, ganz Tüchtigkeit in ihren spitzen Fahrermützen, Gruppen von Leuten versammeln sich und stellen sich auf, Führer jagen herum und sammeln ihre Lämmer ein und marschieren los. Um uns herum betreiben Männer mit unterdrücktem, hastigem Geflüster eifrig ihr Gewerbe; die Todesstraßen von gestern haben sich in Boulevards mit achtbaren Nachkriegsbesuchern verwandelt, und wo früher jeder Schritt Blut bedeutete und schreckliche Angst einem den Hals zuschnürte, verlaufen heutzutage Holzplankenwege, damit die Schuhe der Touristen sau-

ber bleiben, und gut ausgebildete Dolmetscher marschieren voran, so daß jeder alles sieht – garantiert alles. Douaumont.
Auch um uns schwirrt jemand herum, aufgeregt, schnell und eifrig – er will uns die Strategie der Dinge hier erklären, uns sozusagen *au fait* machen. Karl, gestärkt von Hummer und Butterbrot, lächelt freundlich und ist ganz Ohr, und wir gestatten uns auch, uns bei Karbidlicht durch das Fort führen zu lassen; auch wir lassen uns erklären, wie praktisch die Deutschen waren, indem sie, sobald sie das Fort eingenommen hatten, Maschinen im Keller einbauten, elektrisches Licht legten und Kräne aufstellten, um die Munition hochzuhieven, was es alles vorher nicht gegeben hatte.

Karl nickt zustimmend: Ja, so war das. Aber wie wir so vor den rostigen Stahlhelmen, den verdrehten Gewehrläufen und Blindgängern stehen und der Führer hier auch wieder anfängt zu schwafeln und neben uns noch einer mit derselben Geschichte auf englisch loslegt, winkt Karl; ihm reicht's; wir drängeln uns nach draußen. Vor den Helmen, Brustpanzern, Granatsplittern da unten ist er ganz still geworden.
Draußen, nach der erstickenden Luft in dem Tunnel, kommt uns ein Windhauch entgegen, so sanft und mild, daß man sich am liebsten dagegenlehnen würde. Noch ist es ziemlich hell, aber es ist schon jene geheimnisvolle Stunde, wenn Tag und Nacht sich die Waage halten, die Waagschalen in ihrer endlosen Schwingung einen Moment innehalten und stillzustehen scheinen – noch ein Herzschlag, und der Zauber ist vorbei, plötzlich ist ein schwaches Schimmern des Abends da, eine Kuh muht auf der Wiese, und die Nacht ist hereingebrochen.

Welle um Welle liegen die Höhen in violettem Schatten vor uns. Der Führer ist uns gefolgt und fängt hinter uns wieder an: »Die Pfefferbüchse da drüben war ein strategisch höchst interessanter Punkt –«
Weiter kommt er nicht. Karl schaut sich ungehalten um und sagt bestimmt: »Halten Sie die Schnauze...«
Er sagt es nicht bösartig, sondern eher ruhig und damit abschließend.
Dann geht er voran, weg von der strategischen Schlachtaufstellung, weg von dem undeutlichen Geschnatter der Touristengruppen, weg von Hummer, Butterbrot, Damenbildern und Bankgeschäften, weg von den zehn Friedensjahren.
Er geht, und sein Gesicht wird immer ernster; die Augen werden schmaler, sie schauen angestrengt zu Boden; Gras raschelt, Steine knirschen, ein Schild warnt noch vor Gefahr irgendwo, aber um diese Dinge kümmert sich Karl nicht mehr. Er ist auf der Suche.
Die Spur führt über die von Granaten zerlöcherten Felder durch Reste von Stacheldrahtverhauen hinaus. Der Dolmetscher bleibt weit zurück, nachdem er uns haufenweise Warnungen nachgebrüllt hat. Unterstände, die verschüttet und wieder ausgegraben sind, kommen in Sicht, Stabgranaten und völlig durchlöcherte Kochgeschirre liegen herum, in dem gelben Lehm steckt eine armselige rostige Gabel, und an ihrem Ende hängt ein halber Löffel.
Wir gehen einige Zeit weiter. Karl bleibt oft stehen und prüft die Lage der Dinge. Dann nickt er und drängt weiter. Die Richtung eines Grabens ist auszumachen. Aber nur die Richtung – Trichter, zwischen denen sich ein paar Spuren hindurchschlängeln und dann scharf um die Ecke biegen.

Noch ein paar Schritte. Noch ein Blick. Karl hat gefunden, was er sucht.

Er schweigt einen Moment, ehe er sagt: »Hier –« und bleibt stehen – und geht weiter: »Hier etwa muß es gewesen sein – hier waren wir damals – alles tobte, ein paar Schüsse und dann ›Angriff‹ –« Er wiederholt: »Und dann ›Angriff‹.«

Damit läßt er den Graben hinter sich, springt auf und greift selber wieder an. Aber das ist jetzt nicht mehr Karl Broeger, der Mann mit Bankgeschäften und Fußballnachrichten; das ist ein ganz anderer, zehn Jahre Jüngerer, dies ist Unteroffizier Broeger, den die Erde wieder gepackt hat, der wilde Aschengeruch der Schlachtfelder und die Erinnerung, die wie ein Wirbelwind auf ihn einstürmt.

Seine Bewegung ist nicht mehr wie vorher: kein zögerndes Suchen mehr; das ist auch nicht die Gangart, an die ich gewöhnt war; unbewußt, ungewollt ist da wieder eine Ahnung von dem sprunghaften, aufmerksamen, vorsichtigen Schleichen, die instinktive Sicherheit des Tieres; er selbst merkt nicht, wie er den Kopf zwischen die Schultern gezogen hat, wie ihm die Arme locker in den Gelenken hängen, zum Fallen bereit, auch nicht, wie er vermeidet, sich deutlich zu zeigen, als wolle er nicht gesehen werden, aber er bleibt immer in Deckung.

So gehen wir voran. Vor ein paar Stunden wäre er wohl noch nicht in der Lage gewesen, sich überhaupt zurechtzufinden; jetzt kennt er jede Bodenfurche; die Vergangenheit hat ihn wieder. So folgen wir der Spur – zwei Männer in maßgeschneiderten Anzügen mit Hüten und Spazierstöcken –, wir folgen der Spur, über die er und sein Zug in jener schrecklichen Nacht gekrochen sind, als die Leuchtkugeln wie riesige Bogenlampen über der Ver-

nichtung hingen und der ganze Boden um Thiaumont und Fleury sich wie ein Meer unter den Fontänen der Explosionen hob und senkte – wir gehen wieder diesen Weg, und um uns ist die grenzenlose Abendruhe, aber in den Ohren von Unteroffizier Broeger tobt die Schlacht, er hält seinen Spazierstock wie eine Handgranate, noch einmal führt er seine Männer durch die Granattrichter zum Sturm auf die Stadt.
Und die Stadt gibt es nicht mehr. Sie ist verschwunden, dem Erdboden gleichgemacht; nicht wiederaufgebaut, weil die Erde noch immer vermint ist, vollgestopft mit explosivem Material, zu gefährlich, wieder bebaut zu werden.
Karl lehnt sich an das Denkmal, das die Stelle markiert, wo einst Fleury stand, das Dorf des Schreckens, dessen Ruinen sechsmal in einer Nacht erstürmt und verloren wurden.
»Da war ein junger Rekrut«, sagt er. »Er war die ganze Zeit dicht neben mir. Als wir uns dann zurückziehen mußten, war er weg. Und später –«
Später, als sie die Stelle eingenommen hatten, fanden sie nur noch ein Stück von einem Leichnam, aber sie wußten nicht, ob er das war. Und so wurde er »vermißt« gemeldet, und seine Mutter hofft noch bis zum heutigen Tag, daß er eines Morgens in ihr rotes Plüschwohnzimmer eintreten und sich, groß geworden, kräftig und breitschultrig, neben sie aufs Sofa setzen wird.
»Es gibt keinen Grund, warum er nicht noch am Leben sein sollte«, überlegt Karl und schaut mich düster an. »Meinst du, er wäre Musiker geworden? Das wollte er damals.«
Ich weiß es nicht, und wir gehen. Die Dämmerung ist einem dunklen Blau gewichen. Karl bleibt noch mal ste-

hen und sagt mit einer wegwischenden Geste: »Sieh mal, ich versteh' das einfach nicht; einmal war es so, daß man gar nicht mehr denken konnte, es war die Hölle, es war die reine Hölle, das Letzte, das Ende, ein Hexenkessel, hoffnungslos, und da saß ein Mensch drin und war doch gar kein Mensch mehr – und jetzt laufen wir hier herum, und es ist bloß ein kleines Tal, da in der Dunkelheit, ein harmloses Hügelchen –«

Das Mausoleum ragt weiß in die Dunkelheit. Die Reisebusse sind startbereit. Summend fahren sie weg mit ihren gepolsterten Sitzreihen.

Wieder rollt die dunkle Landschaft am Auto vorbei. Ehrenmale, viele Ehrenmale gleiten durch das Licht der Scheinwerfer. Meist ist auf ihnen von *Gloire* und *Victoire* die Rede. Karl schüttelt den Kopf: »Das erzählt nicht die ganze Geschichte, nein, überhaupt nicht. Aber sie haben schon recht, daß sie Denkmäler aufrichten, denn mehr als dort und in der ganzen Umgebung ist nirgends gelitten worden. Nur eines haben sie ausgelassen: Nie wieder. Das fehlt. Du –«

Die Straße erstreckt sich weiß vor uns und steigt langsam an. Hinter den Wolken kommt der Mond rot und traurig heraus. Allmählich wird er kleiner und heller, bis er silbern auf den amerikanischen Friedhof vor Romagne scheint. Vierzehntausend Kreuze schimmern in dem fahlen Licht. Vierzehntausend Kreuze in Reihen hintereinander – die Augen brennen einem, so verblüffend gerade sind sie, vertikal, diagonal. Unter jedem ein Grab. Auf jedem eine Inschrift: Herbert C. Williams, 1. Leutnant, Chemische Kriegsführung, Connecticut, 13. Sept. 1918 – Albert Peterson, 137. Inf., 35. Div., North Dakota, 28. Sept. 1918 – vierzehntausend – fünfundzwanzigtausend waren es. Getötet bei dem Angriff auf Montfaucon, getö-

tet ein paar Wochen vor dem Frieden. Nur ein Friedhof für so viele. Überall, an Hunderten von Orten, liegen die anderen, die weißen Holzkreuze der Franzosen, die schwarzen der Deutschen.
Mitten unter den vierzehntausend Kreuzen auf dem breiten Hauptweg geht, entfernt und klein, ein einzelner Mann hin und her, hin und her. Das ist bedrückender, als wäre alles still. Karl drängt weiter.
In den Städten spielen Kinder auf den Plätzen. Um sie herum sind Geschäfte, Häuser, Kirchhöfe, Zeitungen, Lärm, Schreie, Straßen, die Welt; aber sie spielen weiter, in ihre schlichten Spiele versunken, spielen wie überall auf der Welt.
»Kinder«, sagt Karl, und in der Dunkelheit sieht man nicht, was mit ihm los ist, »Kinder sind überall gleich, nicht wahr – Kinder wissen noch von nichts –«
Und während ich noch darüber nachdenke und einen Blick auf ihn werfe, dreht er sich zu mir um: »Jetzt mal los, Mann – was stehen wir hier rum?« und dreht den Kopf um und schaut den ganzen Rest der Reise angespannt aus dem Fenster.

Josefs Frau

Es war im Jahr 1919, und der Holunder stand schon in Blüte, als der Unteroffizier Josef Thiedemann heimkehrte. Nur seine Frau war bei ihm. Sie selber hatte ihn abgeholt – nicht einmal den Kutscher hatte sie mitgenommen.
Den ganzen Tag saßen die beiden schweigend nebeneinander. Die glänzenden braunen Pferderücken vor ihnen schaukelten leicht hin und her. Sie kamen in die Dorfstraße und fuhren sie langsam entlang. In der Abendsonne standen Leute vor ihren Häusern, und gelegentlich legte eine Frau ihrem Mann die Hand auf den Arm. Aber Thiedemann erkannte niemanden – nicht einmal seine Frau oder seine Pferde.
Er war im Juli 1918 von einem Granatwerfer verschüttet worden, als er mit ein paar Kameraden in einem Unterstand saß. Es war nur der reinste Zufall – ein Stück der zerborstenen Holzverschalung des Unterstands, das sich quer über ihn schob –, der ihn davor rettete, zerquetscht zu werden. Es dauerte ein paar Stunden, bis man ihn erreichte, und jeder glaubte, daß er schon erstickt sein müsse; aber zwei der zersplitterten Balken hatten sich so verkeilt, daß ein schmaler Spalt dazwischen blieb, durch den er noch ein bißchen Luft bekommen konnte. Das hatte ihm das Leben gerettet.

Thiedemann war noch bei Bewußtsein, als sie ihn herausholten, und dem äußeren Anschein nach praktisch unverletzt. Er saß eine Zeitlang apathisch am Rand des Gra-

bens auf dem Boden und starrte abwesend auf die Leichen seiner Kameraden. Ein Krankenträger rüttelte ihn an der Schulter und versuchte, ihm eine Tasse Kaffee mit etwas Schnaps zwischen die Zähne zu pressen. Dann seufzte er tief und brach zusammen.
Er hatte offenbar einen schweren Schock erlitten, und fast ein Jahr lang wechselte er von einer Nervenklinik zur anderen. Dann gelang es seiner Frau schließlich, die Genehmigung zu bekommen, ihn nach Hause zu holen.
Als der Wagen in den Weg bog, der zu dem Bauernhof führte, und zum Schuppen hinüberholperte, richtete Thiedemann sich auf. Seine Frau wurde blaß und hielt den Atem an. Im Stall grunzten Schweine, und der Duft von Linden wehte herüber. Thiedemann drehte den Kopf erst hierhin, dann dorthin, als suche er etwas. Aber dann sank er wieder zurück und blieb wieder teilnahmslos, sogar als seine Mutter, während er am Tisch saß, hereinkam. Er aß, was ihm vorgesetzt wurde, und machte dann eine Runde durchs Haus. Er fand sich überall zurecht, wußte genau, wo das Vieh gehalten wurde und wo das Schlafzimmer war. Aber er erkannte nichts wieder. Der Hund, der ihn erst aufgeregt beschnüffelt hatte, legte sich wieder neben den Ofen und winselte. Er leckte ihm nicht die Hände und sprang auch nicht an ihm hoch.

Während der ersten paar Wochen saß Thiedemann viel allein in der warmen Sonne neben der Scheune. Er schenkte niemandem Beachtung, und man ließ ihn tun, was er wollte. Nachts litt er oft an Erstickungsanfällen. Dann sprang er auf und schlug um sich und schrie. Einmal verblutete er fast, als er das Fenster eingeschlagen und sich dabei das Handgelenk verletzt hatte. Daher ließ seine Frau im Schlafzimmer Fenster mit Maschendraht einsetzen.

Später war Thiedemann sehr glücklich, wenn er mit den Kindern spielte. Er machte ihnen kleine Papierschiffe und schnitt ihnen Pfeifen aus Weidenzweigen. Sie mochten ihn, und als die Heidelbeerzeit kam, nahmen sie ihn mit in den Wald, um welche zu suchen. Auf dem Nachhauseweg wollten sie eine Abkürzung nehmen und über ein Stück offenes Land gehen. Aber kaum hatten sie den Schutz der letzten Bäume hinter sich gelassen, als er unruhig wurde. Verängstigt und aufgeregt rief er den Kindern etwas zu und warf sich auf den Boden. Sie sahen ihn erstaunt an. Er zog den Kleinen neben sich auf die Erde herunter und ließ sich nicht überreden, aufrecht weiter über das offene Feld zu gehen. Er wollte kriechen und bückte sich dauernd. Die Kinder wußten nicht, was sie tun sollten, also zogen sie los, um seine Frau zu holen. Und als sie sich über die Felder davonmachten, rief Thiedemann äußerst beunruhigt hinter ihnen her und machte die Augen zu, als ob gleich etwas Schreckliches passieren würde.

Im Laufe der Zeit wurde er dick und schwammig – er tat nichts und aß achtlos und zu viel. Allmählich lernte er die Leute im Haus kennen; aber er begriff nicht, daß er zu ihnen gehörte. Ihr Äußeres war ihm nicht mehr vertraut. Er war fast immer freundlich und zufrieden. Nur ab und zu, wenn er zufällig ein Stück frisch gesplittertes, helles Holz sah, weinte er und war nicht leicht zu trösten.

Seine Frau bewirtschaftete den Hof allein. Sie entließ den Vorarbeiter, weil er sich einmal bei Tisch über eine gewisse hilflose Geste von Thiedemann lustig gemacht hatte. Der Kerl kam nach ein paar Tagen wieder zurück, um zu erklären, daß er es nicht böse gemeint habe, aber sie reichte ihm nur seinen Lohn, ohne ihm zuzuhören,

und ging aus dem Zimmer. Eines Abends, als der Müllerssohn sich an sie herangemacht und die Tür hinter ihr verschlossen hatte, ergriff sie ein Sportgewehr, das an der Wand hing, und blieb damit stehen, bis er sich blöd grinsend davongemacht hatte. Auch andere versuchten es, aber keiner hatte Erfolg. Die Frau war fünfunddreißig und von einer dunklen, würdevollen Schönheit. Sie arbeitete hart, aber sie blieb allein.
In den ersten Monaten kamen öfters Ärzte auf den Hof. Thiedemann versteckte sich vor ihnen und mußte jedesmal gesucht werden. Nur wenn seine Frau rief, war er bereit zu kommen. Ein Arzt blieb fast ein ganzes Jahr auf dem Hof, um ihn zu behandeln. Als er abreiste, mußte die Frau einige Stück Vieh verkaufen. In diesem Jahr wurde die Ernte durch Sommerregen geschädigt, und die Kartoffeln hatten auch gelitten. Es war ein schwieriges Jahr.
Aber Thiedemanns Zustand änderte sich nicht. Die Frau nahm das ärztliche Urteil ungerührt hin, als wäre es ihr völlig gleichgültig. Aber nachts, wenn Thiedemann im Schlaf unverständliche Worte murmelte und sich im Bett hin und her warf, drückte sie sich gegen ihn, als müsse die Wärme ihres Körpers ihm helfen – und sie horchte auf ihn und stellte Fragen und sprach ihn an. Er antwortete nicht, wurde aber ruhiger und schlief dann bald ein.
So vergingen die Jahre.

Einmal kam ein Kamerad von Thiedemann für ein paar Tage zu Besuch. Er hatte ein paar Fotos aus jenen Zeiten mitgebracht, und am letzten Abend zeigte er sie der Frau. Darunter war ein Gruppenbild von Thiedemanns Zug. Darauf hockten die Männer mit nacktem Oberkörper vor einem Unterstand und grinsten, während sie ihre Hem-

den nach Läusen absuchten. Thiedemann war der zweite von rechts und lächelte, er hielt eine Hand hoch, Daumen und Zeigefinger fest zusammengepreßt.
Die Frau sah sich die Bilder eines nach dem anderen an. Während sie so darin vertieft war, kam Thiedemann ins Zimmer. Mit schwerem Schritt ging er zum Ofen hinüber und setzte sich auf einen Stuhl. Die Frau nahm das Gruppenbild und hielt es eine ganze Zeit in der Hand. Ihre Augen schweiften von dem verblaßten Schnappschuß zu der apathischen Gestalt am Ofen.
»Da war es also?« fragte sie. Der Freund nickte.
Die Frau schwieg eine Weile. Nur Thiedemanns schweres Atmen war in der Stille zu hören. Eine Motte flog zum Fenster herein und flatterte um die Lampe. Der zitternde Schatten ihrer Flügel flackerte über den Tisch und auf die Fotos und verlieh ihnen eine Illusion von Bewegung und Leben. Die Frau zeigte auf die Bilder von den Gräben und zerstörten Dörfern. »Ist das noch immer so?«
»Sicher doch«, sagte der Kamerad. Mit einer schnellen Bewegung bot sie ihm einen Bleistift und strich eine Zukkertüte glatt, die in Reichweite auf der Fensterbank lag. »Schreiben Sie den Namen des Ortes auf. Und den Weg.«
Der Freund hob den Kopf.
»Wollen Sie hinfahren?«

Die Frau betrachtete das Bild, auf dem Thiedemann, noch lächelnd und gesund, vor dem Unterstand saß. Dann schaute sie ruhig auf. »Ja«, antwortete sie.
»Wir würden alle gern einmal wieder hinfahren«, sagte der Freund bedächtig, während er langsam die Buchstaben schrieb. »Sie müssen über Metz fahren.«
Es dauerte lange, bis alles vorbereitet war. Die Leute verstanden nicht, warum sie fahren wollte, und versuchten,

es ihr auszureden. Aber sie beachtete keinen Einwand. Sie saß ruhig da und packte entschlossen zusammen, was für die Reise notwendig war. Als die Leute sie ausfragten, antwortete sie knapp. Sie sagte einfach: »Es muß sein.«
Die Reise war schwierig. Von der Fahrt bekam Thiedemann Kopfschmerzen, und die Frau hatte niemanden bei sich, der ihr geholfen hätte. Auch verstand sie die Sprache nicht. Aber sie stand bloß da und schaute die Leute an, bis sie verstanden, was sie meinte.
Am Nachmittag des dritten Tages kamen sie in dem Ort an, wo Thiedemanns Kompanie gelegen hatte. Es war ein ödes, tristes Dorf mit langen Reihen grauer Häuser. Von den Ruinen auf dem Foto war nichts zu sehen. Der Ort war vollkommen wiederaufgebaut.
Ein paar Pferdewagen mit Touristen fuhren vor dem Gasthof vor. Ein Dolmetscher kam auf die Frau zu und sprach sie an. Sie fragte, ob er ihr etwas über den Frontabschnitt sagen könne, wo Thiedemann verschüttet worden war. Er zuckte die Schultern – jetzt waren überall wieder Felder; die wurden seit einiger Zeit wieder bestellt.
»Überall?« fragte die Frau.
»Oh, nein!« Der Dolmetscher begann Anzeichen des Verstehens zu zeigen und erklärte, daß in der Nähe, kaum mehr als einen Kilometer entfernt, das Gebiet mit Gräben und Granattrichtern noch immer fast genauso wie früher daläge. Sollte er sie hinführen? Sie nickte, und kaum daß sie sich Zeit nahm, ihr Gepäck im Gasthof abzustellen, machten sie sich auf.
Der Tag war klar und schön. Ein leichter Wind ging über die Hänge, und winzige blaue Schmetterlinge flatterten zwischen den Gräben und Drahtverhauen hin und her. Mohnblumen und Kamille wuchsen an den Kraterrän-

dern. Die Wiesen, die noch immer hier und da in diese Landschaft hineinreichten, blieben allmählich zurück, das Dorf verschwand, und als sie einen Hügelrücken überquert hatten, erhob sich plötzlich rings um sie das fahle Schweigen der Schlachtfelder, gestört nur von ein paar kleinen Gruppen von Männern bei der Arbeit hier und da zwischen den Granattrichtern. Es waren die Metallsammler, erklärte der Führer – die suchten nach Eisen, Kupfer und Stahl.
»Hier?« fragte die Frau. Der Führer nickte.
»Der Boden ist voll von Munition«, sagte er. »Deshalb ist die ganze Gegend an eine Metallverwertungsfirma verpachtet worden. Leichen, die sie finden, werden gesammelt und auf den verschiedenen Friedhöfen in der Nähe begraben.« Er zeigte nach rechts, wo lange Reihen mit weißen Kreuzen zu sehen waren, die in der Sonne glänzten.

Die Frau blieb mit Thiedemann bis zum Abend da draußen. Sie ging mit ihm durch viele Gräben und Krater, sie stand mit ihm vor vielen zusammengefallenen und eingestürzten Unterständen. Sie schaute ihn oft an, dann ging sie immer weiter. Aber er ging teilnahmslos mit, und kein Licht brachte Leben in seinen erloschenen Gesichtsausdruck. Am nächsten Morgen war die Frau wieder da draußen. Sie kannte jetzt den Weg, und Tag für Tag waren die beiden zu sehen, wie sie langsam über die lehmigen Kraterfelder gingen – der müde, gebeugte Mann und die große, schweigsame Frau. Am Abend kehrten sie dann in den Gasthof zurück und gingen auf ihr Zimmer.
Manchmal begleitete der Dolmetscher die beiden auf dem Schlachtfeld. Einmal führte er sie zu einem Gebiet, wo Touristen selten hinkamen. Keine Menschenseele war zu

sehen außer ein paar Grüppchen von Sammlern bei ihrer Arbeit.

An einer Stelle war das Labyrinth der Frontgräben praktisch unberührt geblieben. Thiedemann blieb vor einem Unterstand stehen und beugte sich hinunter. Das hatte er schon oft getan, aber diesmal hielt die Frau inne und faßte den Arm des Dolmetschers. Ein paar verrottete Bretter, mit denen die Wände des Unterstands verschalt gewesen waren, ragten aus dem Eingang heraus. Thiedemann untersuchte sie mit den Händen, tastend, vorsichtig.

In diesem Augenblick ertönte plötzlich ein scharfes Hämmern von einigen Sammlern, die ein paar hundert Meter entfernt zu graben anfingen. Es schien so unerträglich laut, daß die Frau eine Geste machte, als wolle sie es mit der Hand zum Schweigen bringen – aber im nächsten Augenblick erschütterte ein heftiges Krachen den Boden, und darauf folgte ein Pfeifen, Heulen, Zischen, dann ein verzweifelter, kreischender Schrei von der Gruppe der Sammler.

»Eine Explosion!« rief der Dolmetscher und lief hinüber. »Sie haben beim Graben eine Granate erwischt!«

Die Frau wußte nicht, wie es geschehen war, aber schon kniete sie neben einem Mann, dessen Bein in Stücke zerfetzt war. Sie hatte den Ärmel von einer Arbeiterjacke gerissen und wickelte ihn um den Oberschenkel; sie nahm ein Eisenstück vom Boden, zwängte es in den Knoten und band den Mann ab, der ohnmächtig wurde, als er sich auf dem Ellbogen aufstützte, um die Wunde zu sehen. Seine Kameraden trugen ihn weg zu den Hütten. Die Frau stand auf. Der Dolmetscher überschüttete sie mit Gerede – dies war die siebte Explosion hier in zwei Wochen! Sie sah sich um nach einem Grasbüschel, mit dem sie sich das Blut von den Händen wischen konnte.

Dann war sie ganz plötzlich hellwach und horchte auf. Der verletzte Mann war schon außer Hörweite, aber noch immer war ein hohles, ersticktes Schreien zu hören. Sie lief zurück –
Der Schrei kam von Thiedemann. Er lag flach auf dem Boden, als hätte er sich wie verrückt in Deckung geworfen. Seine Schultern hoben sich, und er brüllte in die Erde hinein. Der Dolmetscher sah ihn erstaunt an und wollte ihn aufheben. Aber die Frau hielt ihn zurück.
Ein paar Arbeiter kamen von der Hütte herübergelaufen. Sie meinten, Thiedemann sei verwundet, und wollten ihn wegtragen. Aber die Frau ließ niemanden heran. Sie war plötzlich wie verwandelt: Sie bewegte sich hastig, und doch zwang sie sie wegzugehen, solche Kraft und solch flehende Angst waren in ihren Augen. Kopfschüttelnd gingen sie endlich weg, sogar der Dolmetscher, und die Frau beobachtete sie, bis sie sich im Labyrinth der Gräben verloren. Dann setzte sie sich auf die Stufen des Unterstands und wartete.

Die Dämmerung brach herein, und Thiedemann wurde ganz still. Er lag jetzt auf dem Boden wie damals, und die Klänge des Angeluläutens schwebten über dem nächtlichen Lager. Aber die Frau blieb weiter reglos sitzen.
Schließlich rührte Thiedemann sich. Er versuchte, sich auf den Ellbogen aufzurichten, aber er sackte wieder hin. Nach einer Weile versuchte er es ein zweites Mal. Die Frau bot ihm keine Hilfe. Sie zog sich nur tiefer in die Dunkelheit des Unterstands zurück.
Thiedemann tastete über den Boden. Seine Hände lockerten ein Stück der Holzverschalung. Er versuchte aufzustehen, aber vergeblich. Dann saß er da und strich immer wieder mit den Händen über das Gras. Er hob den Kopf

und drehte ihn langsam hin und her. Und das machte er eine ganze Zeit.
Ein Vogel fing an, über den Köpfen der beiden Menschen zu singen. Thiedemanns Hände beruhigten sich. »Anna –«, sagte er, leicht erstaunt.
Die Frau sagte noch immer nichts, aber als sie jetzt Thiedemanns Arm nahm, um ihn wegzuführen, zuckte ihr Gesicht plötzlich, als würde es in Stücke fallen, und sie schwankte einen Moment.

Ein paar Wochen später konnte Thiedemann den Hof wieder übernehmen. Seine Frau hatte ihn gut bewirtschaftet; denn das Vieh hatte sich um vierzehn junge Kühe vermehrt, und außerdem hatte sie die Wiesen und ein paar Felder dazukaufen können.

Die Geschichte von Annettes Liebe

Annette Stoll wuchs in einer kleinen Universitätsstadt in Mitteldeutschland auf. Sie war ein frisches, junges Mädchen mit hellem Teint, unbekümmert und zum Lachen aufgelegt. Sie besuchte die Schule mit mäßigem Eifer und hatte eine Schwäche für Süßigkeiten und Filme. Der Spielgefährte ihrer Kindheit war der junge Gerhard Jäger, etwa drei Jahre älter als sie, dünn und schlaksig, mit einer Vorliebe für Bücher und ernsthafte Gespräche.

Sie waren Nachbarn, und ihre Eltern waren befreundet. So ergab es sich, daß die beiden wie Bruder und Schwester zusammen aufwuchsen. Die Abenteuer des einen waren auch die Abenteuer des anderen – die verlassenen Gärten, die gewundenen Gassen, die Sonntage mit Glockengeläut, die Sommerwiesen, die Dämmerung, die Sterne, der Duft und der atemlose, dunkle Zauber der Jugend – all dies hatten sie gemeinsam.
Später war es dann anders. Das Mädchen, frühreif und hübsch, erlangte die kühle Selbstbeherrschung einer kekken Sechzehnjährigen. Sie geriet plötzlich aus dem offenen, vertrauten Garten kindlicher Kameradschaft in das Zwielicht faszinierender Geheimnisse. Der junge Gerhard Jäger, der noch bis vor kurzem ihr älterer Freund und Beschützer ihrer Kindheit gewesen war, erschien ihr jetzt unbeholfen, viel jünger als sie selbst, und in seiner unentschlossenen Nachdenklichkeit schon fast lächerlich. Sie hatte die runden, glatten Dinge im Leben gern, und es war nicht schwer, ihren Werdegang vorauszusagen – er

würde sicher und friedlich und ganz gewöhnlich sein, mit einem respektablen Ehemann und gesunden Kindern.
Als Gerhard sein erstes Semester an der Universität abgeschlossen hatte, waren sich die beiden fremd geworden.
Dann kam der Krieg. Das allgemeine Fieber der Begeisterung steckte die Stadt an. Tag für Tag tauschten mehr Primaner und Anfangssemester ihre bunten Studentenmützen gegen die grauen Regimentsmützen der Freiwilligen. Und ihre jungenhaften Gesichter sahen schon fast entrückt aus, ernsthafter, älter, aber auch schön in ihrer jugendlichen Bereitschaft zum Opfer und doch zu nah noch an Schulbank, Ruderclub und abendlichen Eskapaden – dem Frieden noch zu nah, um irgendein echtes Verständnis dafür zu haben, was das alles bedeutete und wohin sie gingen.
Gerhard Jäger gehörte zu den ersten Freiwilligen. Der ruhige, zögernde, nachdenkliche Junge war wie verwandelt. Er schien von einem inneren Feuer zu glühen, das noch weit entfernt war von der Maßlosigkeit der kriegsberauschten Professoren. Er und seine Kameraden sahen im Krieg mehr als bloß Kampf und Verteidigung; für sie war er der große Angriff, der die veralteten Ideale eines selbstgefällig geregelten Daseins ausräumen und das gealterte Leben verjüngen sollte.
Sie brachen alle zusammen an einem Sonntag auf. Am Bahnhof gab es viele weinende, aufgeregte und begeisterte Freunde und Verwandte. Fast die ganze Stadt war erschienen. Überall waren Blumen, Zweige von frischem Grün wurden in die Gewehrmündungen gesteckt, und das Musikkorps spielte, und Schreie und Rufe flogen hin und her. Als der Zug gerade abfuhr, sah Gerhard Jäger

Annette plötzlich vor dem Fenster seines Abteils. Sie winkte jemandem in einem anderen Waggon zu. Er ergriff ihre Hand.
»Annette – –«

Sie lachte und warf ihm den Rest ihrer Blumen zu. »Bring mir etwas Hübsches aus Paris mit!«
Er nickte, konnte aber nichts mehr sagen, denn der Zug fuhr schon schneller, und auf dem Bahnhof war ein Tumult von Gesang und schmetternden Blaskapellen. Das flatternde weiße Sommerkleid des Mädchens war die letzte Erinnerung, die er mitnahm...
Während der ersten Monate hörte Annette wenig von Gerhard. Dann kamen allmählich immer häufiger Briefe und Feldpostkarten. Sie wunderte sich eigentlich darüber; sie konnte nicht verstehen, warum es so plötzlich passiert sein sollte. Aber noch weniger verstand sie, warum sich all diese Briefe – im Laufe der Monate immer ausschließlicher – mit Erinnerungen an ihre gemeinsame Kindheit beschäftigten. Sie erwartete eindringliche Beschreibungen kühner Angriffe und war jedesmal erneut enttäuscht, nur Dinge zu hören, die sie schon kannte und die sie langweilten.
Gerhards Brigade erlitt in der Flandern-Schlacht schreckliche Verluste. Ein paar Tage später erhielten seine Eltern nur eine kurze Nachricht, die besagte, daß von zweihundert er und siebenundzwanzig andere noch unverwundet waren. Andererseits bekam Annette einen langen Brief, in dem Gerhard fast leidenschaftlich einen gewissen Morgen im Mai und den weißblühenden Kirschbaum hinter dem Kreuzgang des Doms in Erinnerung rief. Sein Vater schüttelte den Kopf, als er den Brief las. Er fühlte sich den höheren Idealen verpflichtet und wäre glücklich ge-

wesen, wenn sich sein Sohn ein wenig heroischer gezeigt hätte. Annette legte den eng beschriebenen Brief mit einem Schulterzucken beiseite – sie konnte sich nicht mehr an den Morgen im Mai erinnern.

Um so größer war das Erstaunen der beiden, als sie kurz danach erfuhren, Gerhard habe so große Tapferkeit in der Flandern-Schlacht bewiesen, daß er im Feld ausgezeichnet und befördert worden sei.

Einige Zeit danach kam er auf Urlaub nach Hause, drahtig, schlank und sonnengebräunt, ganz anders, als Annette ihn sich nach den Briefen vorgestellt hatte. Im Gegensatz zu dem geschwätzigen Stolz seines Vaters erschien er doppelt ernst, manchmal sogar geistesabwesend und eigenartig zerstreut. Als er das erste Mal mit Annette allein war, nach einer merkwürdigen, fast wortlosen Stunde mit unbeholfenem Umherschauen und unvermittelten Blicken, nahm er sie ganz plötzlich bei der Hand und fragte sie, ob sie nicht heiraten könnten. Und er blieb auf sehr beharrliche und stille Weise dabei, selbst als der Einwand kam, sie wären noch zu jung. Er war neunzehn und sie noch nicht einmal siebzehn.

Damals war nichts Ungewöhnliches an hastigen Kriegsheiraten und -verlobungen – dergleichen gehörte zu der allgemeinen Begeisterung. Nach der ersten momentanen Überraschung gewöhnte sich Annette schnell an den Gedanken – sie kam zu dem Schluß, daß es faszinierend wäre, die erste in ihrer Schulklasse zu sein, die heiratete – und sie mochte den männlich wirkenden jungen Offizier recht gern, der sich aus dem verträumten Gerhard ihrer Kindheit entwickelt hatte, und mehr als das war kaum notwendig. Auch ihre Eltern, wohlhabend und gutmütig und noch dazu patriotisch, gaben

ihre Zustimmung und waren sogar angetan – die Hochzeit würde den Vorwand liefern für ein großes Fest.
Die Feier fand mittags statt. Am Nachmittag während des Hochzeitsessens erschien eine Sonderausgabe der Zeitung, die von einem neuen großen Sieg an der Ostfront berichtete. Gerhards Vater ließ alle verfügbaren Zeitungen hereinbringen und las der Gesellschaft die Berichte laut vor. Zehntausend Russen gefangengenommen! Die Hochzeitsgäste überließen sich einer schwelgerischen Freude. Reden wurden gehalten, patriotische Lieder wurden gesungen, und Gerhard in seiner grauen Uniform erschien als die Verkörperung der Ideale, von denen sie alle berauscht waren.

Der Priester schüttelte ihm die Hand, der Lehrer klopfte ihm auf die Schulter, sein Vater spornte ihn an, wieder mit derselben Zielstrebigkeit auf sie loszugehen, und alle Anwesenden traten vor, um mit ihm auf »Sieg, Ruhm und Glück in der Schlacht« zu trinken. Gerhard, der nur noch finsterer und schweigsamer geworden war, sprang daraufhin ganz plötzlich auf, ergriff sein Glas, und während die Gesellschaft in stummer Erwartung herumsaß, setzte er es so heftig wieder auf den Tisch, daß es zersplitterte. »Ihr –«, sagte er, »ihr –«, und mit dunklen, glänzenden Augen schaute er von einem zum anderen – »Was wißt ihr schon davon?« – und ging hinaus.
An diesem Abend und die ganze Nacht hindurch redete er aufgewühlt mit Annette – als wolle er etwas festhalten, das ihm zu entgleiten drohte – er sprach von Jugend, von Ziel, vom Leben. Die ganze Zeit redete er nur von ihr – und doch schien es ihr oft, als meinte er gar nicht sie.
Am nächsten Abend fuhr er an die Front zurück. Aber

den ganzen Tag über versuchte er, allein mit Annette zu sein. Er war wie im Fieber. Er wollte sonst niemanden sehen, nur mit ihr über die Plätze und durch die Gärten schlendern und mit ihr in den Wiesen am Fluß sein, bis es Zeit für ihn wäre zu fahren. Ihr erschien er merkwürdig, und sie hatte fast ein bißchen Angst vor ihm. Als er Abschied nahm, umarmte er sie fest und sprach schnell, stammelnd vor Hast, als wäre noch vieles ungesagt, ungetan. Dann sprang er auf den Zug, der schon fuhr.
Vier Wochen später fiel er, und Annette war Witwe mit siebzehn.

Der Krieg ging weiter, und die Jahre wurden immer blutiger, bis es schließlich kaum noch ein Haus in der kleinen Stadt gab, wo man nicht Trauer trug, und Annettes Schicksal, von dem anfangs oft geredet wurde, verblaßte vor den härteren Prüfungen jener Familie, wo Väter und Söhne gefallen waren. Und sie selbst spürte es allmählich nicht mehr. Sie war zu jung, und die wenigen Tage, die sie zusammen verbracht hatten, reichten für sie nicht aus, Gerhard als ihren Ehemann anzusehen. Für sie war er nur ein Freund ihrer Jugend, der gefallen war – wie so viele andere.

Doch es fiel auf, daß jetzt eine gewisse Zurückgezogenheit in ihr Leben einkehrte. Mit ihren Freundinnen von früher verband sie eigentlich nichts mehr – dazu war sie nicht mehr mädchenhaft genug. Und andererseits fand sie, daß sie genausowenig zu den Erwachsenen gehörte – dazu war sie noch zu mädchenhaft. Und so kam es, daß sie kaum wußte, wie sie sich verhalten sollte. Zu viel war passiert und zu schnell vergangen.
Aber die Ereignisse der letzten Kriegsjahre ließen ihr

keine Zeit zum Nachdenken. Sie arbeitete von morgens bis abends als freiwillige Hilfsschwester in einem Krankenhaus. Der Malstrom der Zeiten brach herein und verschlang jeden einzelnen.
Dann kam der Waffenstillstand, die Revolution, die Zeit der Putsche, der Alptraum der Inflation – und schließlich, als alles vorüber war und Annette zu sich kam, entdeckte sie fast erstaunt, daß sie eine Frau von fünfundzwanzig geworden war, ohne daß der Reichtum ihres Lebens sich um irgend etwas vermehrt hatte. Denn an Gerhard dachte sie jetzt kaum noch.
Bald danach starben ihre Eltern. Ihr Vermögen war derart geschrumpft, daß Annette dankbar sein mußte, eine Stelle als Krankenschwester in einer norddeutschen Stadt zu bekommen. Ein paar Monate später lernte sie einen Mann kennen, der ihr den Hof machte und sie heiraten wollte. Sie zögerte erst, aber mit der Zeit mochte sie ihn, und der Tag für die Hochzeit wurde festgesetzt.
Jetzt hätte sie wirklich glücklich sein sollen, und doch wurde sie ruhelos. Irgend etwas in ihr, sie wußte nicht, was, schreckte davor zurück. Sie ertappte sich dabei, in Gedanken verloren zu sein; sie hörte geistesabwesend zu, wenn jemand mit ihr sprach. Ihre Gedanken wurden nebelhaft und verzogen sich in die Entrücktheit einer trüben, düsteren Melancholie. Nachts wachte sie grundlos weinend auf. Dann wieder versuchte sie, durch ungestüme Zärtlichkeit, durch eine leidenschaftliche Sehnsucht nach Zuneigung die merkwürdige Barriere zu überwinden, die allmählich vor ihr erstand.
Manchmal, wenn sie in ihrem Zimmer allein war und aus dem Fenster auf die nackten grauen Häuser gegenüber schaute, schien es ihr, als lösten die Wände sich in einen durchsichtigen Dunst auf, und dahinter öffneten sich Tü-

ren, und da waren Gassen und Giebeldächer, Sommerwiesen und heiße, verlassene Gärten – und dann überkam sie eine drängende Sehnsucht, wieder zu Hause zu sein, bis sie schließlich zu der Überzeugung gelangte, daß all ihre Schwierigkeiten daher kämen. Es war bloß Heimweh, und um es zu überwinden, mußte sie nur wieder dorthin zurückkehren und alles wiedersehen.
Sie beschloß, ihre Heimat für ein paar Tage zu besuchen, und ihr Verlobter begleitete sie.
Sie kamen am Abend an. Annette war sehr aufgeregt. Sobald sie ihre Sachen im Hotel ausgepackt hatte, machte sie sich von ihrem Verlobten frei und ging allein los.
Sie stand vor dem Haus, das ihr Zuhause gewesen war. Sie lief in den Garten. Ihre Aufregung wurde größer. Der Mond schien, und die Dächer glänzten. Ein Duft von Frühling lag in der Luft, und sie hatte das Gefühl, daß etwas vor ihr lag, ein Anfang – es stieg schon am Horizont auf, kam herüber, wollte erinnert werden, wollte einen Namen.
Sie ging durch die Wiesen. Das Gras war schwer von Tau. Die Kirschbäume schimmerten wie frischer Schnee. Und da war es ganz plötzlich: eine Stimme, eine entrückte, vergessene, versunkene Stimme, ein entrücktes, vergessenes, versunkenes Gesicht; im Inneren riß etwas auf, etwas Atemloses, etwas unendlich Fernes, unvorstellbar Müdes, Schweres, Trauriges – sie hatte schon nicht mehr daran gedacht; jetzt erhob es sich und war mächtiger, als es je im Leben gewesen war; ganz plötzlich sehr geliebt, verloren und doch nie ihr eigen – Gerhard Jäger.
Sie kam ins Hotel zurück, schwankend, benommen. Sie schaute ihren Verlobten an – wie fremd er ihr war! Sie hätte ihn hassen können, wie er da so vor ihr stand, lebendig und gesund. Nur mit Mühe konnte sie ihm die

wenigen notwendigen Worte sagen. Er wollte mit ihr reden; er bedrängte sie, es nochmals zu überdenken; er versprach ihr zu warten. Sie nickte nur zu all dem und wollte allein sein.

Die wenigen Tage, die sie mit Gerhard erlebt hatte, wurden jetzt zur Qual und zum Geheimnis für Annette. Sie holte seine Briefe hervor und las sie, bis ihr die Augen blind vor Tränen waren. Sie suchte einige seiner Kameraden auf und war unermüdlich, sie nach dem zu fragen, was sie von ihm wußten. Einer hatte viel mit ihm geredet und sogar noch an dem Tag mit ihm gesprochen, an dem er fiel. Zum ersten Mal hörte Annette jetzt, was der Krieg eigentlich gewesen war; zum ersten Mal erkannte sie, wovon Gerhard in der Nacht vor seiner Abfahrt gesprochen hatte; zum ersten Mal begriff sie, was er sich von ihr ersehnt hatte – einen Ruheplatz, einen Hafen, ein kleines Feuer der Liebe inmitten von so viel Haß; einen Funken Menschlichkeit inmitten der Vernichtung; Wärme, Vertrauen, einen Grund, auf dem er stehen konnte; die Erde, eine Heimat, eine Brücke, über die er zurückkommen konnte.

Sie wurde von Reue befallen, und von Liebe. Sie, für die das alles nur eine kleine Eitelkeit gewesen war, eine leichtfertige Neigung zum Ungewöhnlichen, eine kleine Freundschaft und ein bißchen mädchenhafter Genuß; sie, die so schnell vergessen hatte, die sich kaum noch erinnerte, begann jetzt plötzlich zu lieben – einen Schatten zu lieben.

Sie zog sich von allem zurück. Ihre Bekannten versuchten, sich mit ihr auseinanderzusetzen, ihr dabei zu helfen, wieder zu sich selbst zu finden. Aber es nützte alles nichts. Hätte sie mit einem menschlichen Wesen gelebt,

wäre es vielleicht möglich gewesen, sie davon zu befreien; aber sie lebte mit einer Erinnerung.
Sie wurde immer merkwürdiger. Oft, wenn sie allein in ihrem Zimmer war, redete sie laut mit sich selbst. Schon bald hatte sie ihre Stelle verloren. Später trat sie einer kleinen Sekte bei, die spiritistische Sitzungen abhielt. Einmal meinte sie, Gerhard auf sich zukommen zu sehen. So vergingen die Jahre... Eines Tages war sie nicht mehr... Das Letzte, was sie sah, war das dunkle Kreuz des Fensterrahmens, hinter dem die untergehende Sonne stand.

Das seltsame Schicksal
des Johann Bartok

Johann Bartok, ein Klempner und Installateur, war fünf Monate verheiratet, als der Krieg ausbrach. Er wurde sofort eingezogen und in eine österreichische Garnison an die Grenze geschickt. An dem Tag, als er abfuhr, war er damit beschäftigt, seine Angelegenheiten in Ordnung zu bringen und sein kleines Geschäft seiner Frau und seinem Gesellen zu übergeben. Es gelang ihm sogar noch, zwei weitere Aufträge zu bekommen. Dies nahm ihn tatsächlich bis nachmittags in Anspruch; aber andererseits hatte er die Genugtuung, nun zu wissen, daß jetzt wenigstens bis Weihnachten alles geregelt sein würde. Als es Abend wurde, zog er seinen besten Anzug an und ging mit seiner Frau zum Fotografen. Bislang hatten sie sich nicht dazu aufgerafft, sich fotografieren zu lassen – sie hatten hart arbeiten müssen, um durchzukommen, so daß ihnen dergleichen als eine törichte Ausgabe erscheinen mußte. Aber jetzt war das etwas anderes. Der Fotograf brachte die Fotos am nächsten Morgen zum Zug. Obwohl sie etwas größer ausfielen, als Bartok erwartet hatte, versuchte er, einen Ausschnitt mit ihren beiden Gesichtern zu machen, der in seinen Uhrendeckel passen würde, aber es gelang ihm nicht; also nahm er sein Messer, schnitt sein eigenes Bild ab und behielt nur das von seiner Frau. Jetzt paßte es.

Bartoks Regiment wurde bald an die Front verlegt. Es rückte im Winter 1914 vor und wurde in ein heftiges

Nachtgefecht verwickelt, bei dem der Feind eine Flankenbewegung machte und drei Kompanien abschnitt. Die verteidigten sich einen ganzen Tag; als sie dann keine Munition mehr hatten, mußten sie sich ergeben. Und zu ihnen gehörte Bartok. Die Gefangenen verbrachten einige Monate in einem Sammellager. Bartok saß den ganzen Tag in der Hütte herum und brütete. Er hätte gern gewußt, wie es seiner Frau ging und ob sie neue Aufträge für den Betrieb hatte sichern können, denn der mußte ja jetzt ihren Lebensunterhalt einbringen. Aber es gab keinen einzigen Brief für das ganze Lager, und das einzige, was Bartok tun konnte, war zu versuchen, Briefe nach Hause zu schicken mit Ratschlägen und Adressen von Leuten, die vielleicht ein neues Eisengitter brauchten oder ein Wasserklo beispielsweise. Gegen Anfang April wurde ein Trupp von 1 800 Mann zusammengestellt und an die Küste verlegt. Bartok und seine Kameraden waren unter ihnen. Sie wurden an Bord eines Dampfers genommen, und das Gerücht ging um, daß sie in ein Lager in Ostasien verschifft werden sollten.
In den ersten paar Tagen waren fast alle seekrank. Danach saßen sie herum, hockten in der stickigen Atmosphäre des dunklen Laderaums zusammen und rauchten, solange sie noch Zigaretten hatten. Nur durch ein paar schmale Bullaugen konnten sie einen flüchtigen Blick auf das Meer erhaschen, also schauten sie reihum hinaus. Das Wasser war blau und klar, und manchmal konnte man weiße Flügel oder den Schatten eines großen Fisches sehen.

Allmählich wurden die Wachen nachlässig. Die Gefangenen beobachteten das und schmiedeten den Plan, die Besatzung zu überraschen und die Gewalt über das Schiff an sich zu reißen. Einige von ihnen spionierten die Räume aus, wo die Waffen aufbewahrt wurden, und andere rüsteten sich heimlich mit Marlpfriemen, Tauen und Messern aus.

Dann brachen sie in einer stürmischen Nacht los. Drei riesenhafte Unteroffiziere führten den Trupp an, zu dem Bartok gehörte. Scheinbar harmlos schlenderten sie auf die Kajütstreppe zu und warfen sich dann plötzlich wie Katzen auf die erstaunten Wachen, die keinen Widerstand leisten konnten. Wenige Augenblicke später hatten sie die Luken aufgebrochen und waren draußen an Deck.

Ein Teil der Besatzung wurde im Schlaf überwältigt, und der Rest mußte sich ergeben. Nur der Kapitän und zwei Offiziere verschanzten sich und eröffneten das Feuer. Drei Gefangene wurden durch Revolverschüsse getötet. Aber als ein Maschinengewehr in Stellung gebracht wurde, ergab sich der schwer verwundete Kapitän.

Die Gefangenen hatten vor, sich zu einem neutralen Hafen durchzuschlagen, denn sie waren gut mit Waffen und Nahrungsmitteln versorgt, und einige von ihnen waren schon vorher zur See gefahren. Ein ehemaliger Schiffsoffizier übernahm das Kommando. Jeden Tag wurde exerziert, und Bartok wurde am Maschinengewehr ausgebildet. Der kommandierende Offizier schätzte, daß sie eine volle Woche bis zum nächsten Hafen brauchen würden. Aber es kam anders. Denn am vierten Tag schob sich der niedrige graue Rumpf eines Kriegsschiffs über den Horizont. Mit rauchenden Schloten hielt er geradewegs auf das Dampfschiff mit den Gefangenen zu.

Sie versuchten, sich davonzumachen, waren aber nicht

schnell genug. Dann brachten sie alles in Bereitschaft, um sich zu verteidigen in der Hoffnung, bis zum Einbruch der Nacht durchzuhalten und dann im Schutz von Nebel und Dunkelheit zu entkommen.
Aber sie hatten keinen Erfolg. Sie hatten zwar Gewehre, aber sie waren nicht in der Lage, den Kreuzer damit zu erreichen. Nach einer Stunde waren viele tot, und sie waren gezwungen, die weiße Flagge zu hissen. Der Schiffsoffizier erschoß sich, als das erste Boot des Kriegsschiffs seitlich herankam. Der Kapitän des Kreuzers behandelte die Gefangenen nicht als Soldaten, sondern als Meuterer, und so wurden sie in eine Strafkolonie auf einer Insel gebracht. Einige der Rädelsführer wurden erschossen, und einer von ihnen war Michael Horvath, Bartoks Freund. Er übergab Bartok seine Uhr und seine Brieftasche. »Viel Glück, Johann«, sagte er und schüttelte ihm zum Abschied die Hand, »egal, ob ich auf diese oder jene Weise sterbe – es kommt letztlich doch auf dasselbe heraus – Hoffen wir, daß du durchkommst! Wenn meine Mutter dann noch lebt, gib ihr diese Sachen, ja?«
Die übrigen Gefangenen wurden der Meuterei für schuldig befunden. Jeder fünfte wurde zu »lebenslänglich« verurteilt und der Rest zu fünfzehn Jahren Zwangsarbeit. Als sie abzählten, hatte Bartok Glück – er bekam nur fünfzehn Jahre.
»Fünfzehn Jahre«, dachte er am Abend des ersten Tages, als er sich mit schmerzenden Gliedern in einer Ecke der brennendheißen Wellblechhütte hinlegte, »fünfzehn Jahre. Heute bin ich zweiunddreißig. Dann werde ich siebenundvierzig sein.« Er nahm das Bild seiner Frau aus dem Uhrendeckel und schaute es lange an. Dann schüttelte er den Kopf und versuchte einzuschlafen.

Die Arbeit war hart und das Klima mörderisch. Einhundertachtzig Männer starben im ersten Jahr. Im zweiten einhundertzehn. Im vierten Jahr freundete sich Bartok mit Wilczek an, einem Bauern aus dem Banat. Im sechsten begrub er ihn. Im siebten verlor er seine Vorderzähne. Im achten erfuhr er, daß der Krieg schon lange vorbei war. Im neunten Jahr wurde er grau. Im zehnten Jahr flohen sechzehn Leute, wurden aber wieder gefangengenommen. Im zwölften Jahr sprach keiner mehr von Zuhause. Die Welt war zu einer Insel zusammengeschrumpft, das Leben war Plackerei und tiefer Schlaf, die Sehnsucht war ausgelöscht, der Schmerz war abgestumpft, die Erinnerung zerstört – über den sinnlosen Überbleibseln von Wesen, die sich jeden Abend stumm zum Sterben hinlegten und doch am Morgen wieder aufstanden, standen nur Wächter, groß und gebieterisch, und Fieber und Verzweiflung.

Als der Aufseher ihnen sagte, daß sie frei seien, glaubten sie es zuerst gar nicht. Bis zum allerletzten Tag hatten sie damit gerechnet, daß er kommen und ihnen mitteilen würde, daß sie noch weitere fünf Jahre bleiben müßten – so wenig konnten sie sich vorstellen, was es bedeutete, frei zu sein. Sie packten ihre wenigen Habseligkeiten zusammen und marschierten hinunter zum Hafen. Bartok sah sich noch einmal um. Da, vor den Hütten, sah er die Überlebenden jener Kameraden, die lebenslange Freiheitsstrafe bekommen hatten und jetzt zurückbleiben mußten. Sie schauten ihnen schweigend nach. Vor dem Abmarsch hatte Bartok zwei von ihnen gefragt, ob er ihnen nicht etwas von Zuhause schicken könnte. »Halt den Mund!« hatte einer geantwortet und war weggegangen. Der andere verstand gar nichts mehr. Aber der erste kam

ein paar Schritte hinter ihnen hergelaufen – »Wir kommen auch!« schrie er. Die anderen rührten sich nicht. Sie standen bloß da und starrten.
Auf dem Weg zum Schiff nahm Bartok seine Uhr heraus. Das Bild von seiner Frau war noch da – es war völlig verblaßt, und nichts Erkennbares war geblieben. Aber er nahm es heraus und versuchte zurückzudenken. Das hatte er schon lange nicht mehr getan, und bald schwirrte ihm der Kopf, so ungewohnt war das für ihn.

Wieder an Land, reiste er mit ein paar Kameraden aus derselben Gegend weiter. Sie stellten fest, daß ihre Heimat jetzt einem Land gehörte, das vorher gegen sie gekämpft hatte. Die Gegend war aufgrund des Friedensvertrags abgetreten worden. Sie verstanden es nicht, aber sie nahmen es vorläufig hin. Denn für sie hatte sich die ganze Welt in diesen fünfzehn Jahren verändert. Sie sahen Häuser, Straßen, Autos, Menschen – sie hörten vertraute Namen, und doch war alles fremd. Die Städte waren größer geworden, der Verkehr beängstigte sie, und sie fanden es schwierig zu verstehen, was um sie herum los war. Alles ging zu schnell. Sie waren daran gewöhnt, nur langsam zu denken.
Schließlich kam Bartok in seiner Heimatstadt an. Er mußte langsam gehen und sich auf seinen Stock stützen, so zitterten seine Knie vor Aufregung. Er fand das Haus wieder, in dem er gewohnt hatte. Das Geschäft war noch da, aber niemand wußte etwas von seiner Frau. Die Pacht war in den letzten zehn Jahren oft in andere Hände übergegangen. Seine Frau mußte schon seit langem weggezogen sein. Bartok fahndete überall. Schließlich erfuhr er, daß sie jetzt vermutlich in einer größeren Stadt im Westen lebte.

Er machte sich auf zu der Stadt, deren Namen man ihm genannt hatte. Dort stand er dann vor manch einer Tür und manch einem Flur und fragte nach. Als niemand ihm Auskunft geben konnte und er erschöpft und ohne Hoffnung war, so daß er schon wieder abfahren wollte, hatte er plötzlich eine Idee. Er drehte sich um und nannte dem Beamten den Namen seines ehemaligen Gesellen. Der Beamte sah noch einmal in das Buch und fand ihn. Die Frau hatte ihn vor sieben Jahren geheiratet. Bartok nickte. Jetzt war ihm klar, warum keine Briefe gekommen waren, warum er nie etwas von Zuhause gehört hatte. Sie hatten eben angenommen, daß er tot sei.
Langsam stieg er die Treppen hoch und klingelte. Ein fünfjähriges Kind öffnete die Tür. Dann kam seine Frau. Er sah sie an, und unsicher, ob sie es sei, traute er sich nicht zu sprechen.
»Ich bin Johann«, sagte er schließlich.
»Johann!« Sie trat einen Schritt zurück und ließ sich schwer in einen Sessel fallen. »Heilige Mutter Gottes!« Sie fing an zu weinen. »Aber wir bekamen doch damals eine Benachrichtigung – eine Bescheinigung – du seist tot!«
Sie zog eine Schublade auf und fing an, mit zitternden Händen darin zu wühlen, als würde ihr Leben davon abhängen, diese Benachrichtigung wiederzufinden.
»Ja, ja, laß doch« – Bartok ging mit abwesendem Blick durch die Küche. »Ist das dein Kind?« fragte er. Die Frau nickte. »Hast du noch mehr?«
»Zwei –«
»So, zwei –«, wiederholte er mechanisch. Dann setzte er sich auf das Sofa und starrte vor sich hin.
»Was wird jetzt geschehen, Johann?« fragte die Frau unter Tränen. Bartok schaute auf.

Vor ihm stand auf einer niedrigen Kommode ein kleines Foto in einem vergoldeten Rahmen. Es war das Foto, das sie hatten machen lassen, ehe er Soldat wurde. Er nahm es herunter und betrachtete es lange Zeit. Dann sah er wieder zu seiner Frau. Er strich sich mit der Hand über die Stirn.
»Fünf Monate, nicht wahr?«
»Ja, Johann –«
»Und jetzt?«
»Sieben Jahre«, antwortete sie sanft. Er nickte und stand auf. Die Frau umarmte ihn. »Du gehst doch nicht wieder?«
»Doch –«, sagte er und nahm seine Mütze.
»Bleib doch wenigstens bis zum Abendbrot«, bat sie. »Bis Alfred kommt –«
Er schüttelte den Kopf. »Nein, nein – es ist besser so. Dann mußt du die Angelegenheit in Ordnung bringen. Es wird schon recht sein so.«
Draußen vor dem Haus blieb er eine Weile stehen. Dann ging er wieder zum Bahnhof und fuhr in seine Heimatstadt zurück. Dort wollte er Arbeit suchen und wieder von vorne anfangen.

Nachweise

Der Feind: »The Enemy«, *Collier's* (Springfield, Ohio), 29. 3. 1930, S. 7–9.

Schweigen um Verdun: »Silence«, *Collier's* (Springfield, Ohio), 28. 6. 1930, S. 16–17.

Karl Broeger in Fleury: »Where Karl had Fought«, *Collier's* (Springfield, Ohio), 23. 8. 1930, S. 14–16.

Josefs Frau: »Josef's Wife«, *Collier's* (Springfield, Ohio), 21. 11. 1931, S. 14–16.

Die Geschichte von Annettes Liebe: »Annette's Love Story«, *Collier's* (Springfield, Ohio), 28. 11. 1931, S. 10–12.

Das seltsame Schicksal des Johann Bartok: »The Strange Fate of Johann Bartok«, *Collier's* (Springfield, Ohio), 5. 12. 1931, S. 18–19.

Ein Übersetzer aus dem Deutschen wird für keinen der Texte genannt; sämtliche Erzählungen wurden für *Collier's* von Herbert Morton Stoops illustriert.

Nachwort

Versteckt und vergessen

Erich Maria Remarques Nachkriegs-
erzählungen über den Ersten Weltkrieg

I.

In Modris Eksteins' umfangreicher Studie über »Die Geburt der Moderne und der Erste Weltkrieg«, *Tanz über Gräben*[1], in der auch ein Kapitel Remarques *Im Westen nichts Neues* gewidmet ist, findet sich im Abbildungsteil ein Photodokument aus dem Ersten Weltkrieg, das deutsche und englische Soldaten, Offiziere und Gemeine, friedlich vereint und in Gespräche vertieft auf einer kahlen Ebene an der Westfront zeigt. Daß es sich hierbei nicht um eine Aufnahme aus der Zeit nach dem Waffenstillstand handelt, erläutert die Bildlegende:

> Friede auf Erden. Am Weihnachtstag 1914 treffen sich britische und deutsche Soldaten im Niemandsland. Kameras sind an der Front verboten. Dennoch werden heimlich Aufnahmen gemacht.[2]

Das Photo aus den Beständen des Imperial War Museum London dokumentiert eindrucksvoll den historischen Hintergrund der ersten der im vorliegenden Band abgedruckten Erzählungen Remarques: *Der Feind*.
Die dort geschilderte Verbrüderung mit den als Feinden dargestellten Menschen von gegenüber entgegen allen Vorschriften und »Spielregeln« des Krieges mit dem »fast

jungenhaften Gefühl, etwas Verbotenes zu tun, dem Gefühl, jemandem ein Schnippchen zu schlagen« (S. 13), die schließlich ein als übereifrig charakterisierter deutscher Major brutal beendet, wird von Remarque jedoch nicht aus der Perspektive unmittelbaren Erlebens geschildert. Vielmehr fragt der Ich-Erzähler seinen »Schulkameraden« Ludwig Breyer, der auch in *Der Weg zurück* eine wichtige Rolle spielen wird, nach dem Kriegserlebnis, welches ihm am »lebhaftesten in Erinnerung« sei (S. 9). Breyer erzählt entgegen der Erwartung des Fragenden nicht von verlustreichen Schlachten und »Heldentaten« an der Front, sondern die Geschichte von der Menschwerdung des Gegners, die von Breyer aus der Erinnerung verdrängt wurde:

> Viele Dinge sind mir seither passiert. Ich sah viele Männer sterben; ich selbst habe mehr als einen getötet; ich wurde hart und fühllos. Die Jahre gingen vorüber. Aber die ganze lange Zeit habe ich es nicht gewagt, an diesen dünnen Schrei im Regen zu denken. (S. 17)

Remarques in diesem Band gesammelte sechs Kriegserzählungen, die in den Jahren 1930 und 1931 in dem US-amerikanischen Magazin *Collier's Weekly* veröffentlicht wurden, schildern den Ersten Weltkrieg aus der Nachkriegsperspektive. Nicht die eigentlichen Kampfhandlungen und Kriegsgeschehnisse stehen im Vordergrund der Erzählungen, sondern die Kriegsfolgen, die Schäden und Verwüstungen, die der Krieg der Landschaft (in *Schweigen um Verdun*) und vor allem den Menschen sowohl an der Front als auch in der Heimat zugefügt hat. Remarque setzte mit den Erzählungen die Intention von *Im Westen nichts Neues* fort, das der Autor selbst »eher als ein Nachkriegsbuch«[3] ansah denn als ein Kriegsbuch:

Der Erfolg von *Im Westen nichts Neues* war auch nach meiner Ansicht vielmehr der eines Nachkriegsbuches, eines Buches in dem diese Frage eben gestellt wurde: »Was ist aus diesen Menschen geworden?« Es wurde auch zum ersten Male gefragt: »Haben nicht Menschen einen Schaden davongetragen oder irgend etwas davongetragen, daß sie im Krieg gewesen sind und alle ihre sogenannten sittlichen Grundsätze umschmeißen mußten?« Man hat ihnen gesagt: »Du darfst nicht töten.« Aber man hat ihnen auch gesagt: »Du mußt gut zielen, damit du triffst.«[4]

Remarque schrieb *Im Westen nichts Neues* und *Der Weg zurück* wie auch diese Erzählungen Ende der 20er Jahre im Sinne einer Gegen-Erinnerung[5] zur marktbeherrschenden, kriegsbejahenden Schilderung des Krieges aus der Perspektive der Offiziere und Nationalisten; einer Gegen-Erinnerung aus der Perspektive der »Generation, die durch den Krieg zerstört wurde, auch wenn sie seinen Granaten entkam«[6]. Remarque wollte kein »Kriegsbuch« schreiben, als welches *Im Westen nichts Neues* heute noch gilt, sondern sich auf den »rein menschlichen Aspekt der Kriegserfahrung« beschränken.

Die *äußere* Erfahrung (des Ersten Weltkrieges) war vielleicht in jedem Fall kaum gleich (...), aber der entscheidende Faktor war zweifellos, daß das Buch einen Teil der *inneren* Erfahrung darstellte – das Leben, das mit dem Tod konfrontiert wird und ihn bekämpft.[7]

Die in diesem Band nach sechzig Jahren erstmals wieder publizierten Erzählungen knüpfen nahtlos an diese Zielsetzung an.

II.

Bis zur Veröffentlichung von *Im Westen nichts Neues* 1928 war Remarque vor allem ein Autor von Kurzprosa und Lyrik, die er in Zeitschriften und Zeitungen publizierte. Für den Zeitraum von 1916 bis Ende 1928 sind bislang rund 250 Veröffentlichungen bekannt, darunter vor allem humoristische Lyrik, Reiseerzählungen, Reportagen und Essays, die im Zusammenhang mit seiner Tätigkeit als Redakteur von *Echo Continental* (1922-1924) und *Sport im Bild* (1925-1928) entstanden. Remarque versuchte darüber hinaus, sein Einkommen durch die Veröffentlichung von kurzen Erzählungen aufzubessern; allein im Zeitraum April 1924 bis Mai 1925 versandte er über 100 Texte an zahlreiche Zeitschriften in der gesamten Weimarer Republik.[8] Die Kurzgeschichten hatten zumeist exotische Schauplätze oder Automobilrennen zum Gegenstand; sie schilderten vor allem Abenteuer oder mysteriös verwickelte Liebesgeschichten[9].

Obwohl der Krieg oder die anderen Themen der späteren Romane Remarques wie Toleranz und Humanität in diesen Texten keine Erwähnung finden, ist die Bedeutung des umfangreichen Frühwerks für das Schaffen des Autors kaum zu unterschätzen. Von der Wiederaufnahme von Personen (so z. B. Lilian Dunquerque aus *Das Rennen Vanderveldes*[10] in *Der Himmel kennt keine Günstlinge*) bis hin zu motivischen und stilistischen Parallelen ist das Frühwerk eine Quelle der Romane Remarques nach *Im Westen nichts Neues*.

Seit diesem Roman und dem unmittelbar nach dem Vorabdruck in der *Vossischen Zeitung* im November und Dezember 1928 einsetzenden Erfolg wurden von Remarque mit wenigen Ausnahmen jedoch keine kurzen Texte mehr veröffentlicht. Zwar hatte sich der Ullstein-Verlag mit dem Vertragsabschluß von *Im Westen nichts Neues* am 29. August 1928 auch die Rechte an sämtlichen kürzeren Texten Remarques gesichert, mit der Auflage für den Autor, bei einem Mißerfolg des Romans das Vorschußhonorar als Feuilletonredakteur im Ullstein-Konzern »abzuarbeiten«[11], doch erschien in den Blättern des Konzerns lediglich eine Rezension zu Hans Sochaczewers Roman *Menschen nach dem Kriege*[12].

In mehreren Interviews und privaten Äußerungen betonte Remarque in der Folgezeit, er wolle den überragenden Verkaufserfolg von *Im Westen nichts Neues* nicht kommerziell durch weitere schnell gefertigte Veröffentlichungen »ausschlachten«. Die Rolle des Paul Bäumer in der Verfilmung von *Im Westen nichts Neues* oder Angebote für Vortragsreisen durch Europa lehnte er ab. Remarque hatte es wohl auch finanziell nicht mehr nötig, sein Einkommen durch weitere Publikationen aufzubessern, allein für die Verfilmungsrechte an *Im Westen nichts Neues* erhielt der Autor die damals astronomische Summe von 100 000 Dollar[13]. Die Publikation der Kriegserzählungen im amerikanischen Magazin *Collier's Weekly* ist somit zwar eine Fortsetzung der schriftstellerischen Tätigkeit Remarques aus der Zeit vor *Im Westen nichts Neues*, nach den erhaltenen Unterlagen jedoch allein auf die vertragliche Situation im Zusammenhang mit dem Folgeroman *Der Weg zurück* (1930 publiziert) zurückzuführen.

Mit dem Vertrag zu *Im Westen nichts Neues* hatte sich der Ullstein-Verlag im August 1928 zugleich die Rechte an dem zu diesem Zeitpunkt noch unbetitelten Folgeroman gesichert. Ein weiterer Beleg für die Tatsache, daß Remarque *Im Westen nichts Neues* 1928 ursprünglich als

Teil einer Trilogie geplant hatte, deren zweiter und dritter Teil schließlich in *Der Weg zurück* zusammengefaßt wurden. Im Spätsommer 1929 waren die Vorbereitungen für diesen Folgeroman bereits so weit vorangekommen, daß mit ausländischen Agenturen über den Vertrieb und die Publikation der Übersetzungen verhandelt werden konnte. Mit der United Press of America wurde von Remarque am 9. September 1929 zunächst ein »Abkommen« geschlossen, in dem die Agentur eine feste Option erwarb auf

> die Rechte des Vertriebs und der Veröffentlichung in der ganzen Welt einer Serie von drei Artikeln aus Ihrer [Remarques] Feder, durchschnittlich je 1 500–2 000 Worte lang, die zum Gegenstand französische Schlachtfelder haben[14].

Eingebunden in diese Vereinbarung war die Option auf die Weltrechte des »in Arbeit befindlichen« Folgeromans, »der eine logische Fortsetzung Ihres Werkes *Im Westen nichts Neues* ist«. Remarque wurden pro Artikel, dem sechs weitere folgen sollten, 1 000 Dollar garantiert, für den Folgeroman gab die Agentur eine Mindestgarantie von 70 000 Dollar.

Im – finanziellen – Vordergrund des Abkommens stand demnach *Der Weg zurück* und hier vor allem die Rechte für einen Vorabdruck der englischen Übersetzung des Romans in einer amerikanischen Zeitschrift. So wurde im endgültigen Vertrag für den Folgeroman zwischen der United Press und Remarque vom 22. September und dem Zusatzvertrag vom 24. September 1929 der garantierte Betrag für Remarque allein für die Vorabdruckrechte auf 40 000 Dollar festgelegt. Die Artikel über die »französischen Schlachtfelder« wurden nicht mehr erwähnt. Erst ein weiterer Vertrag vom 7. Oktober 1929 schließlich brachte die Artikel wieder ins Spiel, die zuvor nur als Anreiz für den Vertrag zu dem lukrativen Folgeroman gedient hatten.

In diesem Vertrag[15] verringerte sich die Zahl der Artikel von neun auf sechs, die Remarque in monatlichen Abständen bis zum 15. Februar 1930 abzuliefern sich verpflichtete. Dagegen erhöhte die Agentur das Honorar auf 2500 Dollar pro Artikel. Sie behielt sich den Veröffentlichungszeitpunkt vor, während Remarque in einer Zusatznotiz die letzte Entscheidung über die inhaltliche Gestaltung der Artikel, die zuvor von der Agentur eingefordert worden war, zugesprochen bekam.

Offensichtlich erfüllte Remarque seine vertraglichen Verpflichtungen[16] trotz der Schwierigkeiten mit der mühsamen Arbeit an *Der Weg zurück*, die ihn noch im Herbst 1930 in die ruhige Atmosphäre seiner Heimatstadt Osnabrück zwangen. Am 29. März 1930 erschien als erste der Erzählungen *Der Feind* unter dem Titel *The Enemy* und dem Namens-Zusatz »The Author of *All Quiet on the Western Front*« in dem traditionsreichen amerikanischen Magazin *Collier's*. Im Juni und August 1930 folgten die zweite und dritte Erzählung. Die zweite Staffel der sechs Erzählungen erschien jedoch erst über ein Jahr später in *Collier's* innerhalb von 14 Tagen vom 21. November bis zum 5. Dezember 1931. Zuvor war in dem Magazin auch der den Anlaß zu den Verträgen gebende Vorabdruck von *Der Weg zurück* erschienen[17], dem die Erzählungen somit einen Rahmen gaben.

Für Remarque begann mit den Kriegserzählungen eine langjährige Zusammenarbeit mit dem Magazin *Collier's*. Dem Vorabdruck von *Der Weg zurück* folgten durch die Jahrzehnte weitere Vorabpublikationen, die zum Teil die

ersten Drucke der Romane überhaupt waren. *Collier's* druckte *Liebe Deinen Nächsten* unter dem Titel *Flotsam* (1939) zwei Jahre vor der Buchpublikation, es folgten *Arc de Triomphe* (1945), *Der Funke Leben* (1952) und *Zeit zu leben und Zeit zu sterben* (1954). Auch im Hinblick auf Kurzgeschichten blieb *Collier's* als einzige Zeitschrift weltweit für Remarque interessant. Im Nachlaß des Autors finden sich einige Notizzettel, auf denen Themen für Kurzgeschichten unter dem Titel »Für Collier's«[18] skizziert sind. Es scheinen jedoch nur zwei dieser Kurzgeschichten, im wesentlichen Liebes- und Arzterzählungen, nach den Kriegserzählungen publiziert worden zu sein: *On the Road* 1934 und vermutlich *Beyond*, die 1947 von André de Toth unter dem Titel *The Other Love* (deutscher Titel *Die andere Liebe*) mit Barbara Stanwyck und David Niven in den Hauptrollen verfilmt wurde[19].
Die sechs Kriegserzählungen gerieten nach ihrer Publikation in *Collier's* jedoch in Vergessenheit. Ein Nachdruck oder eine deutsche Publikation sind bis heute nicht bekannt. Ebenso fehlen Leserreaktionen oder Kritiken. Auch die Literaturwissenschaft hat bis heute die vermutlich zu versteckt veröffentlichten Erzählungen nicht zur Kenntnis genommen, die eine bedeutende Ergänzung zur bekannten und vieldiskutierten Schilderung des Ersten Weltkrieges und seiner Folgen durch Remarque in *Im Westen nichts Neues* und *Der Weg zurück* darstellen.

III.

Zwischen den Publikationsdaten der ersten drei und letzten drei Erzählungen liegt über ein Jahr. Doch nicht nur diese zeitliche Lücke trennt die Erzählungen, auch inhaltlich unterscheiden sich die Erzählungen wesentlich. Steht in den ersten drei Erzählungen die unmittelbare Konfrontation mit dem Kriegserlebnis und vor allem den ehemaligen Schlachtfeldern im Vordergrund, so schildert Remarque in den folgenden drei Texten exemplarische Kriegsschicksale, die weniger den Frontsoldaten selbst zum Mittelpunkt haben als die Auswirkungen des Krieges auf das Leben und das Sich zurechtfinden der Kriegsteilnehmer in der Nachkriegsgesellschaft.

Im Oktober 1929, kurz nach dem Vertragsabschluß mit der United Press über *Der Weg zurück* und die geplanten Kurzgeschichten, unternahm Remarque zusammen mit seinem Schulfreund und Kriegskameraden Georg Middendorf, dem er bereits 1917 aus dem Duisburger Lazarett einen »Roman« über den Krieg angekündigt hatte[20], eine Reise nach Frankreich, die ihn nach Paris und vermutlich auch auf die ehemaligen Schlachtfelder Nordfrankreichs führte[21]. Im Nachlaß Remarques sind zwei Ansichtskarten der Örtlichkeiten vor Verdun erhalten[22]. Sie zeigen den »Graben der Bajonette« und die »Totenschlucht«. Remarque selbst war während seines knapp einmonatigen Frontaufenthaltes 1917 in Houthoulst/Flandern stationiert und kannte Verdun nicht.

Der Besuch der ehemaligen Schlachtfelder spielt in den Erzählungen wie auch in *Der Weg zurück* eine wichtige Rolle als Vergegenwärtigung des Kriegserlebnisses. Die ehemaligen Kriegsteilnehmer Karl Broeger in der Erzählung *Karl Broeger in Fleury* oder Georg Rahe in *Der Weg zurück*[23] werden dort mit ihrer Erinnerung konfrontiert. Liest sich *Schweigen um Verdun* noch wie eine sachliche Reportage über die ehemaligen Schlachtfelder im Stile von Erinnerungsbänden wie *Das unsichtbare Denkmal*[24], so schildert Remarque in den folgenden beiden Erzählungen eindrucksvoll die Konsequenzen, die mit dieser Konfrontation verbunden sind. Karl Broegers Haltung verändert sich während des Besuchs von Verdun vom wissenden Touristen und Pläne schmiedenden Aufsteiger der Gesellschaft der Weimarer Republik durch das Wieder-Erleben der Front und angesichts der Kriegerdenkmäler zum verunsicherten Mahner:

> Karl schüttelt den Kopf: »Das erzählt nicht die ganze Geschichte, nein, überhaupt nicht. Aber sie haben schon recht, daß sie Denkmäler aufrichten, denn mehr als dort und in der ganzen Umgebung ist nirgends gelitten worden. Nur eines haben sie ausgelassen: Nie wieder. Das fehlt. (S. 32)

Deutlicher noch wird Remarques Anliegen in *Josefs Frau*: Auch hier dient die Konfrontation mit den ehemaligen Schlachtfeldern zur Überwindung des Kriegs-Traumas, das wie in einer Parabel dem Leser konkret vor Augen geführt wird. Josef Thiedemann »war noch bei Bewußtsein, als sie ihn herausholten, und dem äußeren Anschein nach äußerlich praktisch unverletzt« (S. 34), doch dämmert der einfache Bauer wie vom Kriegserlebnis paralysiert durch die Nachkriegszeit. Erst der Besuch der ehemaligen Schlachtfelder und besonders der unmittelbare Anstoß, sich an das Kriegserlebnis zu erinnern, wecken Thiedemann auf und versetzen ihn in die Lage, als »normales« Mitglied der Gesellschaft zu arbeiten, das seine Vergangenheit akzeptiert und damit verarbeitet hat.
Nicht nur in diesen Erzählungen, sondern auch in den Romanen *Im Westen nichts Neues* und *Der Weg zurück* verdrängen Remarques Helden den Krieg oder schaffen sich Bilder von ihm, die ein Leben mit der Kriegserinnerung scheinbar erst möglich machen. Im Fall von Annette Stoll in *Die Geschichte von Annettes Liebe* ist es die Vor-

stellung von einem heroischen Krieg mit »kühnen Angriffen«, die es ihr verwehrt, die wahren Bedürfnisse ihres Verlobten und Ehemannes nach Geborgenheit und nach einer Möglichkeit der Ruhe vom Krieg zu erkennen. Erst die Erinnerung an den fast vergessenen Jugendfreund führt sie, die kurz vor ihrer erneuten Heirat »jetzt wirklich hätte glücklich sein sollen«, zu der Erkenntnis ihres Fehlverhaltens:

> Zum ersten Mal hörte Annette jetzt, was der Krieg eigentlich gewesen war; zum ersten Mal erkannte sie, wovon Gerhard in der Nacht vor seiner Abfahrt gesprochen hatte; zum ersten Mal begriff sie, was er sich von ihr ersehnt hatte – einen Ruheplatz, einen Hafen, ein kleines Feuer der Liebe inmitten von so viel Haß; einen Funken Menschlichkeit inmitten der Vernichtung; Wärme, Vertrauen, einen Grund, auf dem er stehen konnte; die Erde, eine Heimat, eine Brücke, über die er zurückkommen konnte. (S. 52)

Diese »Brücke, über die man zurückkommen konnte«, durch die die Kriegsteilnehmer ihren Weg zurück in die Gesellschaft hätten finden und ihre Vereinsamung und Orientierungslosigkeit in der Nachkriegsgesellschaft beenden können, ist das Thema aller Werke Remarques über den Ersten Weltkrieg. In *Im Westen nichts Neues* ist es die Darstellung der Ursachen für die »verlorene Generation«, die vom Kriege zerstört wurde, die Schilderung der Widersprüche zwischen den Idealen und der Wirklichkeit des Krieges. In *Der Weg zurück* wie in den Erzählungen dieses Bandes zeichnet Remarque ein Panorama des Scheiterns an der Nachkriegsgesellschaft, aber er schildert auch die Möglichkeit des Sich-Erinnerns an die Realität des Krieges, die stets bei Remarque zu einem »Nie wieder« führt.

Einzig für Johann Bartok, dessen Erinnerungen so verblaßt sind wie das Porträt seiner Frau, auf dem »nichts Erkennbares« geblieben ist, bleibt nach 15 Jahren Straflager nichts als Optimismus:

> Draußen vor dem Haus blieb er eine Weile stehen. Dann ging er wieder zum Bahnhof und fuhr in seine Heimatstadt zurück. Dort wollte er Arbeit suchen und wieder von vorne anfangen. (S. 61)

Auch wenn die literarische Qualität dieser Erzählungen zum Teil sehr unterschiedlich ist und Remarque wie in *Im Westen nichts Neues* nicht aus eigener Anschauung berichtet, sondern Standardsituationen beschreibt, liegt die Bedeutung dieser bis heute vergessenen Texte in dem erneuten Zeugnis, das sie von Remarques konsequenter pazifistischer Haltung geben:

> Ich dachte immer, jeder Mensch sei gegen den Krieg, bis ich herausfand, daß es welche gibt, die dafür sind, besonders die, die nicht hineingehen müssen...[25]

Die Aktualität dieser Aussage braucht nicht belegt zu werden.

Thomas Schneider

Anmerkungen

1. Modris Eksteins. *Tanz über Gräben. Die Geburt der Moderne und der Erste Weltkrieg.* Aus dem Englischen von Bernhard Schmid. Reinbek: Rowohlt, 1990 (Titel der amerikanischen Erstausgabe: *Rites of Spring. The Great War*

and the Birth of the Modern Age. Boston: Houghton Mifflin Co., 1989).
2. Ebd., Abb. 11.
3. Im Interview mit Friedrich Luft. »Das Profil: Erich Maria Remarque«, *SFB* (Fernsehen), 3. 2. 1963.
4. Ebd.
5. Vgl. Herbert Bornebusch. *Gegen-Erinnerung. Eine formsemantische Analyse des demokratischen Kriegsromans der Weimarer Republik*. Frankfurt/Main, Bern, New York: Peter Lang, 1985.
6. Motto zu *Im Westen nichts Neues*. Berlin: Propyläen-Verlag, 1929, S. 7.
7. Remarque in: »The end of War? A correspondence between the Author of All Quiet on the Western Front and General Sir Ian Hamilton, G.C.B., G.C.M.G.«, *Life & Letters* (London) III (1929), S. 404–408 (Meine Übersetzung, T. S.).
8. Vgl. die im Nachlaß vorhandene Aufstellung: Remarque-Collection (R-C) 4B.6/001.
9. So z. B. in »Der Teppichweber von Beirut«, *Jugend* 29 (1924), Nr. 14, S. 334–337.
10. In: *Sport im Bild* (1924), Nr. 12, S. 684 und 712.
11. Vgl. R-C 6F.13/006.
12. *Vossische Zeitung*, 13. 10. 1929.
13. Vgl. die im Nachlaß erhaltene Korrespondenz zwischen Remarques Agenten Otto Klement und den Universal Pictures; R-C 6E.13.
14. Vgl. R-C 6F.11/048.
15. R-C 6F.11/050.
16. Am 31. Oktober 1930 erwarb der Ullstein-Verlag in einem Vertrag selben Datums von Remarques Agenten Otto Klement die deutschsprachigen Rechte für die ersten drei Erzählungen, die hier mit *Tödliches Idyll*, *Karl Broeger bei Fleury* und *Schweigen um Verdun* angegeben werden. Bei *Tödliches Idyll* handelt es sich zweifellos um *Der Feind*, da Remarque sich vertraglich verpflichtet, »die Haltung des

Majors noch etwas verständlicher« zu gestalten. Das Honorar Remarques betrug pro Erzählung RM 5 000, die Option wurde darüber hinaus erweitert auf die gemäß der Vereinbarung mit United Press noch zu verfassenden drei weiteren Erzählungen. Mit Schreiben vom 14. November 1930 bestätigte die United Press gegenüber Ullstein diese Vereinbarung. Da die zweiten drei Erzählungen auch in diesem Schreiben nicht erwähnt, sondern lediglich Optionen gehandelt werden, ist zu vermuten, daß Remarque diese Texte zu diesem Zeitpunkt noch nicht vorgelegt hatte. Eine Publikation der Erzählungen durch Ullstein ist nicht belegt. Vgl. Kopie des Vertrages und des Bestätigungsschreibens im Remarque-Archiv, Osnabrück, Konvolut Ullstein-Archiv.

17. In zwölf Folgen vom 13. 12. 1930 bis zum 28. 2. 1931.
18. R-C 1.241/005.
19. Ein genauer Publikationszeitpunkt von *Beyond* konnte bislang nicht ermittelt werden. Möglich ist auch, daß die Erzählung nie publiziert wurde, sondern als Manuskript der Produktionsfirma Universal Pictures zur Verfügung gestellt wurde.
20. Vgl. die erhaltenen Briefe vom 25.8., 26.9., November 1917 und 10.1. 1918.
21. Vgl. die Briefe an Brigitte Neuner aus Koblenz und Paris vom 19. 10. und 22. 10. 1929.
22. R-C 7A.31.
23. Vgl. *Der Weg zurück*, Siebenter Teil, Kapitel III.
24. Einer der bekanntesten Bände, in dem auch motivische Parallelen zu *Im Westen nichts Neues* zu finden sind, ist: *Das unsichtbare Denkmal. Zehn Jahre später an der Westfront.* Von Maxim Ziese und Hermann Ziese-Beringer. Berlin: Frundsberg-Verlag, 1928.
25. Im Interview mit Friedrich Luft, 1963, a. a. O.

Erich Maria Remarque
Ein militanter Pazifist

Texte und Interviews 1929-1966
Herausgegeben und mit einem Vorwort
von Thomas Schneider

KiWi 340
Originalausgabe

Der vorliegende Band versammelt zum ersten Mal die Texte und Gespräche Remarques, die die Konsequenz seines Denkens über Jahrzehnte hinweg dokumentieren. Wie kaum ein zweiter deutscher Autor zeigt sich Remarque trotz seiner 40jährigen Weltbürgerschaft gebunden an die Geschichte Deutschlands in und zwischen den beiden Weltkriegen. Das Insistieren auf dem »Deutschen, der litt«, das heißt auf dem Menschen, machte Remarque zu dem Autor, dessen Bücher immer noch weltweit gelesen werden.

KiWi Paperbackreihe bei Kiepenheuer & Witsch

ERICH MARIA REMARQUE
ARC DE TRIOMPHE

Roman
Mit einem Nachwort von Tilman Westphalen

KiWi 164

Arc de Triomphe, 1946 erschienen, wurde Remarques zweiter Welterfolg nach *Im Westen nichts Neues.* Mit der gleichen Leidenschaft wie in seinem ersten Roman erzählt Remarque die Geschichte des Arztes Ravic, der nach Paris emigriert und hier den Vorabend des Zweiten Weltkrieges erlebt. Aus der Liebe zu zwei Frauen und dem Haß auf einen Gestapoagenten entwickelt sich das Drama eines Exilschicksals, in dessen Radikalität sich der Aufstand gegen den Terror einer ganzen Epoche spiegelt.

KiWi Paperbackreihe bei Kiepenheuer & Witsch

Erich Maria Remarque
Im Westen nichts Neues

Roman
Mit Materialien und einem Nachwort von
Tilman Westphalen

KiWi 141

KiWi 319. Ohne Materialien

»Remarques Buch ist zugleich weniger und mehr als ein Kunstwerk. Es ist ein Stück Literatur, dem die Jahre nichts anhaben konnten, weil aus ihm eine Menschenstimme spricht – eine Menschenstimme, die sich bemüht, gefaßt über Unmenschliches zu sprechen.« *Günter Blöcker, FAZ*

»Dieses Buch gehört in die Schulstuben, die Lesehallen, die Universitäten, in alle Zeitungen, in alle Funksender, und das alles ist noch nicht genug.«
Carl Zuckmayer, Berliner Illustrierte Zeitung

KiWi Paperbackreihe bei Kiepenheuer & Witsch

ERICH MARIA REMARQUE
LIEBE DEINEN NÄCHSTEN

Roman
Mit einem Nachwort von Tilman Westphalen

KiWi 248

Drei Flüchtlinge aus Hitler-Deutschland versuchen, in der Tschechoslowakei, Österreich oder der Schweiz Fuß zu fassen. Doch in diesen von Emigranten überschwemmten Ländern sind sie ungebetene Gäste, die sofort über die nächste Grenze wieder abgeschoben werden. Sie lernen, in der Illegalität zu überleben, und Ludwig und Ruth finden in ihrer Liebe den Rückhalt, der sie in ihrer scheinbar aussichtslosen Situation bestehen läßt. Als sie schließlich Josef Steiner in Paris wiederbegegnen, entscheidet sich ihre Zukunft.

KiWi Paperbackreihe bei Kiepenheuer & Witsch